Biester und Super-Biester

Thomas M. Meine

Ausgewählte Kurzgeschichten
aus dem Buch
Biester und Super-Biester

nach dem Buch
Beasts and Super-Beasts
von H. H. Munro ('Saki')
erstmals erschienen im Jahre 1914

Bibliografische Information der Deutschen Nationalbibliothek
Die Deutsche Nationalbibliothek verzeichnet diese Publikation in der
Deutschen Nationalbibliografie; detaillierte bibliografische Daten
sind im Internet über http://dnb.dnb.de abrufbar.

Herstellung und Verlag:
BoD – Books on Demand, Norderstedt
Alle Rechte vorbehalten

ISBN: 9783758303821

INHALT / Kapitel Seite

Im Originalbuch befinden sich insgesamt 36 Geschichten, von denen 19 ausgewählt wurden. Sie sind über einen längeren Zeitraum als Kurzgeschichten in Zeitungen und Zeitschriften erschienen, wie es damals so üblich war. Neben der unterschiedlichen Qualität passen sie auch alle nicht so zusammen, als wären sie gleich mit der Absicht, ein Buch zu schreiben, verfasst worden – ein zusätzlicher Grund, das Volumen ein wenig einzuschränken.

DIE WÖLFIN

Leonard Bilsiter gehörte zu jenen Menschen, die diese Welt weder attraktiv noch interessant fanden und die ihren Ausgleich in einer 'unsichtbaren Welt' suchten, die ihrer eigenen Erfahrung oder Fantasie – oder Erfindung – entsprang.

Kinder tun dies mit Erfolg, aber Kinder begnügen sich damit, sich selbst zu überzeugen, und vulgarisieren ihre Überzeugungen nicht, indem sie versuchen, diese anderen als Wahrheit zu verkaufen. Die Überzeugungen von Leonard Bilsiter waren nur für 'wenige' bestimmt, d. h. für diejenigen, die ihm zuhören wollten.

Seine Beschäftigung mit dem Unheimlichen hätte ihn vielleicht nicht über die üblichen Plattitüden des Salonvisionärs hinausgebracht, wenn nicht der Zufall seinen Fundus an mystischen Überlieferungen verstärkt hätte. In Begleitung eines Freundes, der sich für ein Bergbauunternehmen im Ural interessierte, hatte er eine Reise durch Osteuropa unternommen, als der große russische Eisenbahnerstreik von einer bloßen Androhung zur Wirklichkeit wurde.

Der Ausbruch des Streiks erwischte ihn auf der Rückreise, irgendwo hinter Perm. Und während er einige Tage auf einem Bahnhof in einem Zustand völliger Passivität ausharren musste, machte er die Bekanntschaft eines Händlers für Geschirr und Metallwaren. Dieser vertrieb sich die Langeweile während des Aufenthalts damit, dass er seinen englischen Reisebegleiter ein diffuses Bild der Volkskunde vermittelte, das er von transbaikalischen Händlern und Einheimischen aufgeschnappt hatte.

Leonard kehrte in seine Heimat zurück und erzählte mit vielen Worten von seinen Erlebnissen während des russischen Streiks. Über die dunklen Geheimnisse, die er unter dem bezeichnenden Titel 'sibirische Magie' erzählte, hielt er sich jedoch sehr bedeckt.

Diese Zurückhaltung verflüchtigte sich jedoch sehr schnell – so etwa nach ein oder zwei Wochen – unter dem Einfluss eines völligen Desinteresses seiner Mitmenschen für seine anderweitigen Erlebnisse. Leonhard begann nun, deutlichere Andeutungen über die enormen Kräfte zu machen, die diese neue esoterische Kraft – um seine eigene Beschreibung zu verwenden – den wenigen Eingeweihten verlieh, die mit ihr umzugehen wussten.

Seine Tante Cecilia Hoops, die wilde Geschichten vielleicht mehr liebte als die Wahrheit, machte so lautstark Werbung für ihn, wie man es sich nur wünschen konnte.

Sie erzählte, wie er vor ihren Augen einen Markkürbis in eine hölzerne Taube verwandelt hatte. Diese Geschichte, die eigentlich als Manifestation für seinen Besitz übernatürlicher Kräfte gedacht war, wurde in manchen Kreisen eher mitleidig als Manifestation ihrer ausufernden Fantasie angesehen, auch wegen des 'Respekts', den man Mrs. Hoops in dieser Hinsicht entgegenbrachte,

Wie geteilt die Meinungen über Leonards Status als Wundermacher oder Scharlatan auch sein mochten, er kam auf jeden Fall mit dem Ruf zu Mary Hamptons Hausparty, in dem einen oder dem anderen dieser Bereiche eine herausragende Stellung einzunehmen, und er hatte auch keine Angst davor, die Öffentlichkeit zu suchen, die ihm zuteilwerden würde.

In allen Gesprächen, an denen er und seine Tante teilnahmen, spielten esoterische Kräfte und ungewöhnliche Mächte eine große Rolle, und seine eigenen Leistungen – vergangene und mögliche – waren stets Gegenstand geheimnisvoller Andeutungen.

»Ich wünschte, Sie würden mich in einen Wolf verwandeln, Mr. Bilsiter«, sagte seine Gastgeberin beim Mittagessen am Tag nach seiner Ankunft.

»Meine liebe Mary«, sagte ihr Mann, Colonel Hampton, »ich wusste nicht, dass du ein Verlangen in dieser Richtung hast.«

»Ich meine natürlich eine Wölfin«, fuhr Mrs. Hampton fort, »es würde wohl zu viel Verwirrung stiften, wenn man gleichzeitig die Spezies und das Geschlecht wechselt.«

»Ich glaube nicht, dass man bei solch einem Thema scherzen sollte«, sagte Leonard.

»Ich scherze nicht, ich meine es ganz ernst, das versichere ich Ihnen. Tun Sie es aber nicht heute, denn wir haben nur acht verfügbare Bridge-Spieler, und das würde einen unserer Tische sprengen. Morgen werden wir eine größere Gruppe sein. Morgen Abend, nach dem Essen – «

»Bei unserem derzeitigen, doch recht mangelhaften Verständnis dieser verborgenen Kräfte sollte man sich ihnen eher mit Demut als mit Spott nähern«, bemerkte Leonard mit einer solchen Strenge, dass das Thema sofort vom Tisch war.

Clovis Sangrail war während der Diskussion über die Möglichkeiten sibirischer Magie ungewöhnlich schweigsam gewesen, aber nach dem Mittagessen folgte er Lord Pabham in die größere Abgeschiedenheit des Billardzimmers und stellte ihm eine dringende Frage.

»Haben Sie so etwas wie eine Wölfin in Ihrer Sammlung wilder Tiere? Eine Wölfin mit einem halbwegs guten Charakter?«

Lord Pabham überlegte. »Da ist Louisa«, sagte er, »ein ziemlich schönes Exemplar eines Timberwolfs. Ich habe sie vor zwei Jahren im Tausch gegen einige Polarfüchse bekommen. Die meisten meiner Tiere werden ziemlich zahm, noch bevor sie lange bei mir sind, und ich glaube sagen zu können, dass Louisa ein geradezu engelhaftes Temperament hat, was Wölfinnen angeht. Warum wollen Sie das wissen?«

»Ich habe mich gefragt, ob Sie sie mir Loisa für morgen Abend überlassen würden«, sagte Clovis mit der Unbekümmertheit einer Person, die sich einen Kragenknopf oder einen Tennisschläger ausleiht.

»Morgen Abend?«, fragte Lord Pabham.

»Ja, das sollte kein Problem sein. Wölfe sind nachtaktive Tiere, die späte Stunde wird ihr also nichts ausmachen«, sagte Clovis mit der Miene eines Mannes, der an alles gedacht hat. »Einer ihrer Diener«, fuhr er fort, »könnte sie nach Einbruch der Dunkelheit aus dem Pabham-Park herbringen, und mit etwas Hilfe sollte es ihm gelingen, sie in dem Moment in den Wintergarten zu schmuggeln, wenn Mary Hampton gerade unbemerkt verschwindet.«

Lord Pabham starrte Clovis einen Moment lang verwirrt an, dann überzogen Lachfalten sein Gesicht: »Oh, das ist also Ihr Spiel, ja? Sie wollen auf eigene Faust ein wenig sibirische Magie praktizieren. Und ist Mrs. Hampton bereit, Ihre Mitverschwörerin zu sein?«

»Mary hat sich bereit erklärt, mir dabei zu helfen, wenn Sie für Louisas zahmes Gemüt garantieren.«

»Ich werde für Louisas Verhalten einstehen«, sagte Lord Pabham.

Am nächsten Tag hatte sich die Gesellschaft des Hauses durch weitere Gäste vergrößert, und Bilsiters Instinkt für Selbstdarstellung wurde durch die Stimulanz eines größeren Publikums entsprechend gefördert. Beim Abendessen sprach er ausführlich über unsichtbare Kräfte und unerprobte Mächte, und sein beeindruckender Redefluss hielt unvermindert an, während im Salon Kaffee serviert wurde, um den allgemeinen Umzug ins Kartenspiel-Zimmer vorzubereiten, und seine Tante sorgte dafür, dass man seinen Ausführungen mit großem Respekt folgte, aber ihre sensationslüsterne Seele sehnte sich nach etwas Dramatischerem als einer rein sprachlich vorgetragenen Demonstration: »Willst du nicht etwas tun, um sie von deinen Kräften zu überzeugen, Leonard«, flehte sie, »etwas in eine andere Form verwandeln? Er kann es, wenn er nur will«, teilte sie der 'staunenden' Gesellschaft mit.

»Oh bitte, bitte tun Sie das«, sagte Mavis Pellington leidenschaftlich, und fast alle Anwesenden schlossen sich ihrer Bitte an. Selbst diejenigen, die nicht überzeugt waren, zeigten sich durchaus bereit, sich von einer Vorführung von Amateurzauberei unterhalten zu lassen.

Leonard spürte, dass man nun etwas Handfestes von ihm erwartete: »Hat jemand von den Anwesenden«, fragte er, »ein Dreipennystück oder einen kleinen Gegenstand ohne besonderen Wert?«

»Sie wollen doch nicht etwa Münzen verschwinden lassen oder so etwas Primitives in dieser Art tun?«, sagte Clovis verächtlich.

»Ich finde es sehr unfreundlich von Ihnen, dass Sie meinen Vorschlag, mich in einen Wolf zu verwandeln, nicht annehmen«, sagte Mary Hampton, als sie in den Wintergarten ging, um ihren bunten Aras den üblichen Tribut von den Desserttellern zu bringen.

»Ich hatte Sie bereits vor der Gefahr gewarnt, diese Kräfte spöttisch zu behandeln«, sagte Leonard feierlich.

»Ich glaube nicht, dass Sie das können«, lachte Mary provozierend aus dem Wintergarten heraus, »ich fordere Sie heraus, es zu tun, wenn Sie es können. Ich fordere Sie heraus, mich in einen Wolf zu verwandeln.«

Während sie das sagte, verschwand sie rasch hinter einem Azaleenbusch.

»Mrs. Hampton – «, begann Leonard mit zunehmender Feierlichkeit, aber er kam nicht weiter … ein kalter Lufthauch schien durch den Raum zu wehen, und gleichzeitig brachen die Aras in ohrenbetäubendes Geschrei aus.

»Was um alles in der Welt ist mit diesen verdammten Vögeln los, Mary?«, rief Oberst Hampton ...

... und im selben Moment riss ein noch durchdringenderer Schrei von Mavis Pellington die gesamte Gesellschaft von ihren Sitzen.

In unterschiedlichen Posen, die hilfloses Entsetzen oder instinktive Abwehr signalisierten, standen sie dem grauen, bösartig dreinblickenden Tier gegenüber, das sie aus einer Kulisse aus Farnen und Azaleen anstarrte.

Mrs. Hoops war die Erste, die sich von dem allgemeinen Chaos des Schreckens und der Verwirrung erholte: »Leonard«, rief sie ihrem Neffen schrill zu, »verwandle ihn sofort wieder in Mrs. Hampton! Er kann jeden Moment auf uns zu rennen. Bring das wieder in Ordnung!«

»Ich – ich weiß nicht, wie«, stammelte Leonard, der noch ängstlicher und entsetzter aussah als alle anderen.

»Was!«, rief Colonel Hampton, »Sie haben sich die abscheuliche Freiheit heraus genommen, meine Frau in einen Wolf zu verwandeln, und jetzt stehen Sie da und sagen, Sie können sie nicht wieder zurückverwandeln!«

Entspanntheit schien in diesem Moment nicht gerade Leonards Markenzeichen zu sein. »Ich versichere Ihnen, ich habe Mrs. Hampton nicht in einen Wolf verwandelt. Nichts läge mir ferner«, protestierte er.

»Und wo ist sie dann, und wie kommt dieses Tier in den Wintergarten?«, fragte der Oberst.

»Natürlich müssen wir Ihre Versicherung zur Kenntnis nehmen, dass Sie Mrs. Hampton nicht in einen Wolf verwandelt haben«, sagte Clovis höflich, »aber Sie werden mir zustimmen, dass der Anschein gegen Sie spricht.«

»Sollten wir nicht aufhören, uns gegenseitig Vorwürfe zu machen, während diese Bestie da steht und uns in Stücke reißen will?«, empörte sich Mavis.

»Lord Pabham, Sie kennen sich doch gut mit wilden Tieren aus«, bemerkte Oberst Hampton.

»Die wilden Tiere, die ich bisher besaß«, sagte Lord Pabham, »kamen alle mit einem Zertifikat von bekannten Händlern zu mir, oder sie entstammten meiner eigenen Zucht. Ich muss allerdings erwähnen, dass ich noch nie einem solchen Tier begegnet bin, das unbekümmert aus einem Azaleenbusch herausspaziert und unsere reizende und allseits beliebte Gastgeberin unbehelligt lassen würde.«

»Soweit man es nach den äußeren Merkmalen beurteilen kann«, fuhr er fort, »hat es das Aussehen eines ausgewachsenen Weibchens von der Sorte des nordamerikanischen Tiberwolfs, einer Unterart des gemeinen canis lupus.«

»Ich bitte Sie! Wen interessiert hier der lateinische Name«, rief Mavis, als das Tier ein oder zwei Schritte weiter in den Raum gekommen war. »Kann man es nicht mit etwas Essbarem weglocken und dort einsperren, wo es keinen Schaden anrichten kann?«

»Wenn das die verwandelte Mrs. Hampton ist, die gerade ein sehr gutes Abendessen hatte, dann glaube ich nicht, dass die Wölfin auf Essen reagiert«, sagte Clovis.

»Leonard«, flehte Mrs. Hoops unter Tränen, »auch wenn du nichts damit zu tun hast, kannst du nicht deine großen Kräfte einsetzen, um dieses schreckliche Tier in etwas Harmloses zu verwandeln, bevor es uns alle beißt – in ein Kaninchen oder so etwas?«

»Ich nehme nicht an, dass Colonel Hampton daran interessiert ist, dass seine Frau nacheinander in eine Reihe seltsamer Tiere verwandelt wird, als ob wir ein Spiel mit ihr spielen würden«, warf Clovis ein.

»Ich verbiete es auf jeden Fall«, donnerte der Colonel.

»Die meisten Wölfe, mit denen ich zu tun hatte, hatten sich viel aus Zucker gemacht«, sagte Lord Pabham, »wenn Sie wollen, probiere ich die Wirkung an diesem Exemplar aus.«

Er nahm ein Stück Zucker von der Untertasse seines Kaffees und warf es der erwartungsvollen Louisa zu, die es aus der Luft schnappte.

Ein Aufatmen ging durch die Runde. Ein zuckerfressender Wolf, der zumindest schon die Papageien zerrissen haben könnte, hatte bereits einen Teil seines Schreckens verloren.

Die Seufzer vertieften sich in ein dankbares Aufatmen, als Lord Pabham das Tier mit einer vorgetäuschten Großzügigkeit von weiterem Zucker aus dem Zimmer lockte.

Sofort eilten alle in den Wintergarten, aber von Mrs. Hampton fehlte jede Spur. Die Teller mit den Leckereien für die Aras, die am Leben waren, standen noch da.

»Die Tür ist von innen verschlossen!«, rief Clovis, der den Schlüssel mit geschickten Fingern im Schloss bewegte, um es zu testen.

Alle Gesichter drehten sich zu Bilsiter hin.

»Wenn Sie meine Frau nicht in einen Wolf verwandelt haben«, sagte Colonel Hampton, »würden Sie mir dann freundlicherweise erklären, wohin sie verschwunden ist, da sie offensichtlich nicht durch eine verschlossene Tür gegangen sein kann?«

»Ich werde Sie nicht um eine Erklärung bitten, wie ein nordamerikanischer Timberwolf plötzlich im Wintergarten aufgetaucht ist, aber ich denke, ich habe ein gewisses Recht, zu erfahren, was mit Mrs. Hampton geschehen ist.«

Bilsiters erneutes Verneinen, dafür verantwortlich zu sein, wurde mit einem allgemeinen Gemurmel ungeduldigen Unglaubens quittiert.

»Ich weigere mich, noch weiterer unter diesem Dach zu bleiben«, erklärte Mavis Pellington. »Wenn unsere Gastgeberin wirklich ihrer menschlichen Gestalt beraubt wurde«, sagte Mrs. Hoops, »kann wohl keine der Damen der Gesellschaft hierbleiben. Ich lehne es strikt ab, von einem Wolf bewirtet zu werden!«

»Es ist eine Wölfin«, sagte Clovis beschwichtigend.

Die unter diesen ungewöhnlichen Umständen zu beachtende Etikette, mit einer Wölfin als Gastgeberin, wurde nicht weiter erörtert, da das plötzliche Erscheinen von Mary Hampton der Diskussion die Grundlage entzog.

»Jemand hat mich hypnotisiert«, sagte sie wütend. »Ich bin ausgerechnet in der Futterstation gelandet, wo Lord Pabham mich mit Zucker gefüttert hat. Ich hasse es, hypnotisiert zu werden, und außerdem hat mir der Arzt verboten, Zucker anzurühren.«

Man versuchte, ihr die Situation zu erklären, soweit es überhaupt etwas gab, das man als eine Erklärung bezeichnen konnte.

»Dann haben Sie mich wirklich in einen Wolf verwandelt, Mr. Bilsiter?«, rief sie aufgeregt aus.

Aber Leonard hatte bereits das Boot zerstört, mit dem er nun in ein Meer von Ruhm hätte treiben können. Er konnte nur hilflos den Kopf schütteln.

»Ich war es, ich habe mir diese Freiheit genommen«, sagte Clovis, »denn ich habe einige Jahre im Nordosten Russlands gelebt und bin mit der Magie dieser Region mehr als nur vertraut.«

»Man spricht nicht gern über diese seltsamen Kräfte, aber wenn man hört, wie viel Unsinn darüber verbreitet wird, ist man versucht zu zeigen, was die sibirische Magie in den Händen eines Menschen bewirken kann, der sie wirklich versteht, und ich konnte dieser Versuchung einfach nicht widerstehen«.

»Könnte ich jetzt bitte einen Brandy haben? Die Anstrengung hat mich ziemlich geschwächt.«

Wenn es in diesem Moment für Leonard Bilsiter möglich gewesen wäre, Clovis in eine Kakerlake zu verwandeln, um dann auf ihn zu treten, hätte er gerne beides getan.

LAURA

»Du stirbst doch nicht wirklich, oder?«, fragte
Amanda.

»Der Arzt meint, dass ich noch bis Dienstag lebe«,
sagte Laura.

»Aber heute ist Samstag. Ich meine das ernst«,
keuchte Amanda.

»Ich weiß nicht, ob es ernst ist, aber es stimmt, das
heute Samstag ist«, sagte Laura.

»Der Tod ist immer ernst«, sagte Amanda.

»Ich habe nie gesagt, dass ich ganz sterben werde. Ich
werde wahrscheinlich aufhören, Laura zu sein, aber ich
werde weiter etwas anderes sein. Eine Art von Tier
nehme ich an. Weißt du, wenn man in dem Leben, das
man gerade gelebt hat, nicht sehr gut war, wird man in
einem niedrigeren Organismus wiedergeboren. Und ich
war nicht sehr gut, wenn man mal darüber nachdenkt.
Ich war kleinlich und gemein und rachsüchtig und all so

etwas, wenn die Umstände es zu rechtfertigen schienen.«

»Die Umstände rechtfertigen so etwas nie«, sagte Amanda hastig.

»Wenn du mir die Bemerkung verzeihst«, sagte Laura, »Egbert ist ein Umstand, der so etwas rechtfertigen würde. Du bist mit ihm verheiratet, das ist etwas anderes; du hast geschworen, ihn zu lieben, zu ehren und zu ertragen, aber ich habe es nicht getan.«

»Ich weiß nicht, was an Egbert falsch sein soll«, protestierte Amanda.

»Oh, ich glaube, dass das Fehlverhalten auf meiner Seite lag«, gab Laura leidenschaftslos zu, »er war nur der mildernde Umstand. Er hat zum Beispiel ein kleines, zickiges Theater gemacht, als ich neulich mit den Collie-Welpen vom Bauernhof spazieren ging.«

»Sie haben die jungen Küken seiner gesprenkelten Sussex-Hühner gejagt und zwei brütende Hennen aus ihren Nestern vertrieben. Außerdem rannten sie über die ganzen Blumenbeete hinweg. Du weißt ja, wie sehr er an seinem Geflügel und seinem Garten hängt.«

»Wie auch immer. Jedenfalls hätte er nicht den ganzen Abend darüber reden sollen, um dann zu sagen: »Lassen wir das Thema«, gerade als ich anfing, die Diskussion zu genießen. Da kam eine meiner kleinen

Racheaktionen ins Spiel«, fügte Laura mit einem unschuldigen Kichern hinzu. »Am Tag nach dem Vorfall mit den Welpen habe ich die gesamte Familie der gesprenkelten Sussex-Hühner in seinen Saatgut-Schuppen gebracht.«

»Wie konntest du nur machen?«, rief Amanda aus.

»Es war ganz einfach«, sagte Laura. »Sogar als zwei der Hühner so taten, als würden sie gerade Eier legen, habe ich mich davon abbringen lassen.«

»Und wir haben gedacht, es wäre nur ein Missgeschick gewesen!«, sagte Amanda.

»Siehst du«, fuhr Laura fort, »ich habe wirklich Grund zu der Annahme, dass meine nächste Inkarnation in einem niederen Organismus stattfinden wird. Ich werde eine Art von Tier sein. Andererseits war ich auf meine Art kein schlechter Mensch, also denke ich, dass ich ein nettes Tier sein werde, etwas Elegantes und Lebendiges, mit einer Vorliebe für Spaß. Vielleicht ein Otter.«

»Ich kann mir dich nicht als Otter vorstellen«, sagte Amanda.

»Dann kannst du dir mich wohl auch nicht als Engel vorstellen, wenn es so weit ist«, sagte Laura.

Amanda schwieg – sie konnte es wirklich nicht.

»Ich persönlich denke, dass ein Leben als Otter sehr angenehm wäre«, fuhr Laura fort. »Ich könnte das ganze Jahr über ich Lachs essen und hätte die Genugtuung, die Forellen in ihrem eigenen Element zu fangen, ohne stundenlang warten zu müssen, bis sie sich dazu herablassen, auf die Fliege zu gehen, die man vor ihnen ein einer Schnur vor die Nase hält. Und eine elegante, schlanke Figur hätte ich auch noch – «

»Denk an die Otterhunde«, unterbrach sie Amanda, »und wie schrecklich ist es, gejagt und gequält und schließlich zu Tode gezerrt zu werden!«

»Das ist ein ziemlicher Spaß, wenn die halbe Nachbarschaft zuschaut, und auf jeden Fall nicht schlimmer als dieses Leben von Samstag auf Dienstag, das ich noch habe, und wo man ganz langsam stirbt. Ich würde dann in etwas anderes übergehen. Wenn ich ein mäßig guter Otter gewesen war, würde ich wohl wieder eine menschliche Gestalt annehmen; wahrscheinlich etwas ziemlich Primitives – ein kleiner brauner, nackter nubischer Junge, könnte ich mir vorstellen.«

»Ich wünschte, du würdest ernst bleiben«, seufzte Amanda, »das solltest du wirklich, wenn du nur noch bis Dienstag zu leben hast.«

Doch, so wie es war, starb Laura schon am Montag.

»Das ist furchtbar ärgerlich«, beklagte sich Amanda bei Sir Lulworth Quayne, ihrem Schwiegeronkel. »Ich hatte für heute schon eine Menge Leute zum Golfen und Angeln eingeladen, und die Rhododendren sehen gerade so gut aus.«

»Laura war schon immer rücksichtslos«, sagte Sir Lulworth, »sie wurde während der Goodwood-Rennwochen geboren, gerade als einer der Vertreter im Haus weilte, der Babys hasste.«

»Sie hatte immer die verrücktesten Ideen«, sagte Amanda, »weißt du, ob es in ihrer Familie Geisteskrankheiten gab?«

»Geisteskrankheit? Nein, davon habe ich noch nie gehört. Ihr Vater wohnt zwar im verrückten West Kensington, aber ich glaube, er ist sonst ganz normal.«

»Sie hatte die Vorstellung, dass sie als Otter wiedergeboren wird«, sagte Amanda.

»Man begegnet diesen Reinkarnationsvorstellungen so häufig, selbst im Westen«, sagte Sir Lulworth, »dass man sie kaum als verrückt abtun kann. Und Laura war in diesem Leben eine so unberechenbare Person, dass ich keine genauen Aussagen treffen könnte, was sie in einem späteren Zustand sein wird.«

»Glaubst du wirklich, dass sie sich in ein Tier verwandelt hat?«, fragte Amanda. »Sie war eine von denen, die sich ihre Meinung nur zu gerne aus der Sicht der Menschen um sie herum bilden.«

In diesem Moment betrat Egbert den Frühstücksraum und wirkte so traurig, dass Lauras Ableben allein nicht ausgereicht hätte, um seine gedrückte Stimmung zu erklären.

»Vier meiner gesprenkelten Sussex-Hühner sind getötet worden«, rief er aus, »genau die vier, die am Freitag zur Ausstellung gehen sollten. Eines wurde mitten in das neue Nelkenbeet gezerrt und gefressen, für das ich so viel Mühe und Geld aufgewendet habe.«

»Mein bestes Blumenbeet und meine besten Hühner wurden der Vernichtung preisgegeben; es erscheint fast so, als ob die Bestie, die diese Tat begangen hat, über besondere Kenntnisse verfügte, wie man in kurzer Zeit den größtmöglichen Schaden anrichtet«.

»War es ein Fuchs, was denkst du?«, fragte Amanda.

»Klingt eher nach einem Iltis«, sagte Sir Lulworth.

»Nein«, sagte Egbert, »überall waren Spuren von Schwimmhäuten zu sehen, und wir sind den Spuren bis hinunter zum Bach am Ende des Gartens gefolgt. Es war offensichtlich ein Otter.«

Amanda schaute unmittelbar und verstohlen zu Sir Lulworth hinüber.

Egbert war zu aufgeregt, um zu frühstücken. Er ging hinaus, um die Verstärkung der Verteidigungsanlagen des Geflügelhofs zu beaufsichtigen.

»Ich denke, sie hätte wenigstens warten können, bis die Beerdigung vorbei ist«, sagte Amanda mit empörter Stimme.

»Es ist zudem auch ihr eigenes Begräbnis, wie du weißt«, sagte Sir Lulworth, »und es ist ein wichtiger Teil der Benimmregeln, die einem zeigen, wie viel Respekt man seinen eigenen sterblichen Überresten entgegenbringen sollte.«

Aber die Missachtung der Begräbnisregeln setzte sich am nächsten Tag fort. Während der Abwesenheit der Familie bei der Beerdigungszeremonie wurden alle Überlebenden der gefleckten Sussex-Hühner massakriert. Die Rückzugslinie des Marodeurs schien die meisten Blumenbeete auf dem Rasen zu umfassen, aber auch die Erdbeerbeete im unteren Garten hatten gelitten.

»Ich werde die Otterhunde so schnell wie möglich herholen«, sagte Egbert wütend.

»Auf keinen Fall! An so etwas kannst du nicht denken!«, rief Amanda. »Ich meine, das geht doch nicht, so kurz nach einer Beerdigung im Haus.«

»Es ist ein Fall von Notwendigkeit«, sagte Egbert, »wenn ein Otter einmal damit anfängt, kann er nicht mehr aufhören.«

»Vielleicht wird er woanders hingehen, jetzt, wo es keine Hühner mehr gibt«, schlug Amanda vor.

»Man könnte meinen, du wolltest das Biest schützen«, sagte Egbert.

»In letzter Zeit gibt es so wenig Wasser im Bach«, wandte Amanda ein, »es erscheint mir kaum sportlich, ein Tier zu jagen, wenn es so wenig Chancen hat, irgendwo Zuflucht zu finden.«

»Du meine Güte!«, wetterte Egbert, »ich denke nicht an Sport. Ich will das Tier so schnell wie möglich erledigen.«

Doch sogar Amandas Widerstand wurde schwächer, als der Otter am folgenden Sonntag, während des Gottesdienstes, ins Haus kam, einen halben Lachs aus der Speisekammer stahl und ihn auf dem Perserteppich in Egberts Atelier in schuppige Fragmente zerlegte.

»Bald wird er sich unter unseren Betten verstecken und uns Stücke aus den Füßen beißen«, sagte Egbert, und nach dem, was Amanda über diesen speziellen Otter wusste, hielt sie diese Möglichkeit für gar nicht so unwahrscheinlich.

Am Abend vor dem festgelegten Tag der Jagd verbrachte Amanda eine einsame Stunde am Ufer des Bachs und gab Laute von sich, die sie für die von Jagdhunden hielt, um den Otter dadurch zu verscheuchen. Diejenigen, die ihre Darbietung hörten, vermuteten wohlwollend, dass sie für die Imitationen von Bauernhofgeräuschen übte, um sie beim bevorstehenden Dorffest zum Besten zu geben.

Es war ihre Freundin und Nachbarin Aurora Burret, die ihr die Neuigkeiten über den Jagd-Sport des Tages überbrachte: »Schade, dass du nicht dabei warst, wir hatten einen sehr schönen Tag. Wir haben ihn sofort gefunden, noch einen Tag vor der Jagd, in dem Teich unterhalb eures Gartens.«

»Habt ihr ihn getötet?«, fragte Amanda.

»Natürlich. Ein wunderschönes Otterweibchen. Dein Mann wurde ziemlich übel gebissen, als er ihr 'nachstellen' wollte. Das arme Tier tat mir sehr leid, es hatte so einen menschlichen Ausdruck in den Augen, als es getötet wurde. Du wirst mich für dumm halten, aber weißt du, an wen mich dieser Blick erinnert hat?«

»Meine Liebe, was ist los mit dir?«

Als Amanda sich von ihrem Nervenzusammenbruch einigermaßen erholt hatte, nahm Egbert sie mit nach Ägypten ins Niltal, wo sie weiter genesen sollte, und der Tapetenwechsel führte schnell zur gewünschten

Wiederherstellung der Gesundheit und des seelischen Gleichgewichts.

Die Eskapaden eines abenteuerlustigen Otters auf der Suche nach einer Abwechslung auf dem Speiseplan wurden ins richtige Licht gerückt. Das sonst ruhige Temperament von Amanda kam wieder zum Vorschein.

Selbst ein wahrer Orkan von Flüchen, die aus dem Ankleidezimmer kamen – in der Stimme ihres Mannes, aber kaum seinem üblichen Wortschatz entsprechend – konnte ihre Gelassenheit nicht stören, als sie sich eines Abends in einem Kairoer Hotel in aller Ruhe zurechtmachte.

»Was ist denn los? Was ist passiert?«, fragte sie mit amüsierter Neugier.

»Das kleine Biest hat alle meine sauberen Hemden in die Badewanne geworfen! Warte, bis ich dich erwische, du kleines – «

»Was für ein kleines Biest?«, fragte Amanda und unterdrückte den Wunsch zu lachen; Egberts Sprache war so hoffnungslos unzureichend, um seine empörten Gefühle auszudrücken.

»Ein kleines Biest von einem nackten braunen nubischen Jungen«, stotterte Egbert.

Und jetzt war Amanda erst richtig krank.

DAS EBERSCHWEIN

»Es gibt einen Hintereingang zum Rasen, über eine kleine Weidekoppel und dann durch einen ummauerten Obstgarten voller Stachelbeersträucher«, sagte Mrs. Philidore Stossen zu ihrer Tochter. »Letztes Jahr, als die Familie verreist war, habe ich mir alles genau angesehen. Da ist eine Tür, die vom Obstgarten in ein Gebüsch führt. Wenn wir dort herauskommen, können wir uns unter die Gäste mischen, als wären wir ganz normal hereingekommen. Das ist viel sicherer, als durch den Vordereingang zu gehen und Gefahr zu laufen, mit der Gastgeberin zusammenzustoßen, was sehr unangenehm wäre, da sie uns nicht eingeladen hat.«

»Ist das nicht ein ziemlicher Aufwand, um Zutritt zu einer Gartenparty zu bekommen?«

»Ja, wenn es sich nur um eine normale Gartenparty handeln würde – aber sicher nicht zu *der* Gartenparty der Saison. Alle wichtigen Leute in der Grafschaft außer uns wurden eingeladen, die Prinzessin zu treffen, und es wäre weitaus mühsamer, Erklärungen dafür zu erfinden, warum wir nicht dabei waren, als auf Umwegen hineinzukommen.«

»Ich habe Mrs. Cuvering gestern auf der Straße angehalten und sie sehr eindringlich auf die Prinzessin angesprochen. Wenn sie den Hinweis nicht beherzigt und mir keine Einladung geschickt hat, dann ist das doch nicht meine Schuld, oder? Also, wir gehen einfach über das Gras der Koppel und durch das kleine Tor in den Garten.«

Mrs. Stossen und ihre Tochter, passend gekleidet für eine Gartenparty in der Grafschaft, umgeben von einem Abklatsch des Flairs des Hauses von Sachsen-Coburg und Gotha, gingen über die schmale Weidekoppel, öffneten das Tor zum angrenzenden Stachelbeergarten und schlenderten weiter, mit der Ausstrahlung von Staatsbarkassen, die inoffiziell auf einem ländlichen Forellenbach unterwegs waren.

In die Gemächlichkeit ihres Vorankommens mischte sich eine gewisse heimliche Eile, als ob jeden Augenblick feindliche Suchscheinwerfer auf sie gerichtet werden könnten – und tatsächlich blieben sie nicht unbeobachtet.

Matilda Cuvering, mit den aufmerksamen Augen einer Dreizehnjährigen und dem zusätzlichen Vorteil einer erhöhten Position im Geäst eines Mispelbaums, hatte die Stossens bei ihrem Umgehungsversuch gut beobachten können und genau vorhergesehen, wo sie scheitern würden.

'Sie werden sehen, dass die Tür verschlossen ist, und sie müssen wohl oder übel den Weg zurückgehen', sagte sie zu sich selbst. 'Geschieht ihnen recht, wenn sie nicht den richtigen Eingang nehmen. Wie schade, dass 'Tarquin Superbus' nicht frei auf der Koppel herumläuft', dachte Matilda. 'Wenn alle anderen ihren Spaß haben, sehe ich eigentlich nicht ein, warum Tarquin nicht auch mal einen Nachmittag draußen sein sollte.

Matilda war in einem Alter, in dem Denken sofortiges Handeln folgt: Sie war gerade dabei, von den Ästen des Mispelbaums herunterzurutschen, doch sie kletterte sofort wieder zurück. Tarquin, das riesige weiße Yorkshire-Eberschwein, hatte die Enge seines Stalls gegen die weite Fläche der Grasweide getauscht.

Die enttäuschte Stossen-Expedition, die in einem vorwurfsvollen, aber ansonsten geordneten Rückzug vom unnachgiebigen Hindernis der verschlossenen Tür zurückkehrte, blieb plötzlich vor dem Tor stehen, das den Stachelbeergarten von der Graskoppel trennt.

»Was für ein abscheuliches Tier«, rief Mrs. Stossen aus, »es war noch nicht da, als wir hereinkamen.«

»Jetzt ist es jedenfalls da«, sagte die Tochter. »Was in aller Welt sollen wir tun? Ich wünschte, wir wären nie gekommen.«

Das Eberschwein war näher an das Tor herangekommen, um die menschlichen Eindringlinge aus der Nähe zu betrachten. Er stand da, kaute mit den Kiefern und blinzelte mit seinen kleinen roten Augen in einer Art und Weise, die zweifellos angsteinflößend wirken sollte und, soweit es die Stossens betraf, dieses Ziel auch durchaus erreichte.

»Ho! Husch! Husch! Ho!«, riefen die Damen im Chor.

»Wenn ihr glaubt, dass ihr ihn damit vertreiben könnt, dann macht euch auf eine Enttäuschung gefasst«, bemerkte Matilda von ihrem Platz im Mispelbaum aus. Als sie diese Feststellung laut aussprach, wurde sich Mrs. Stossen zum ersten Mal ihrer Anwesenheit bewusst. Noch ein oder zwei Augenblicke zuvor wäre sie alles andere als erfreut über die Entdeckung gewesen, dass der Garten nicht so verlassen war, wie es den Anschein hatte, aber jetzt war sie erleichtert, dass das Kind auf der Bildfläche erschien.

»Du, kleines Mädchen, kannst du jemanden finden, der es verscheucht«, begann sie hoffnungsvoll.

»*Comment? Comprends pas*« [Wie? Ich verstehe nicht], war die Antwort.

»Oh, du bist Sie Französin? *Êtes vous française?*«

»*Pas de tous. Suis anglaise* [überhaupt nicht, ich bin Engländerin].«

»Warum sprichst du dann nicht Englisch? Ich möchte wissen, ob du – «

»*Permettez-moi expliquer* [lasst es mich erklären]. Sehr ihr, ich bin ziemlich im Misskredit geraten«, sagte Matilda. »Ich wohne bei meiner Tante, und man hat mir gesagt, ich müsse mich heute besonders gut benehmen, da viele Leute zu einem Gartenfest kämen, und ich sollte es wie Claude machen, das ist mein junger Cousin, der nie etwas falsch macht, außer aus Versehen, und sich dann immer entschuldigt.«

»Anscheinend haben sie gedacht, ich hätte zu viel Himbeer-Trifle zum Mittagstisch gegessen, und sie sagten, dass Claude nie zu viel Himbeer-Trifle isst.«

»Nun, Claude schläft immer eine halbe Stunde nach dem Mittagessen, weil man ihm das sagt, und ich habe gewartet, bis er schlief. Dann habe ihm die Hände gefesselt und damit begonnen, ihn mit einem ganzen Eimer Himbeer-Trifle zu füttern, den sie für die Gartenparty aufbewahrt hatten. Viel davon landete auf seinem Matrosenanzug und ein wenig auf dem Bett, aber eine ganze Menge ging in Claudes Kehle runter, und jetzt kann man nicht mehr behaupten, dass er nie zu viel Himbeer-Trifle gegessen hat. Deshalb darf ich nicht zu der Party gehen, und als zusätzliche Strafe muss ich zur Übung den ganzen Nachmittag Französisch sprechen.«

»Ich musste euch das jetzt alles auf Englisch erzählen, denn es gibt Wörter wie 'Zwangsernährung', für die ich die französische Übersetzung nicht kenne. Natürlich hätte ich sie erfinden können, aber wenn ich *'nourriture obligatoire'* gesagt hätte, hättet ihr nicht die geringste Ahnung gehabt, wovon ich rede.«

»*Mais maintenant, nous parlons français*« [Aber jetzt sprechen wir Französisch], fuhr sie fort.

»Oh, sehr gut, *trés bien*«, sagte Mrs. Stossen zögernd. In den Momenten der Aufregung hatte sie das Französisch, das sie beherrschte, nicht sehr gut unter Kontrolle. »*Là, à l'autre côté de la porte, est un cochon –* « [da, auf der anderen Seite der Tür, ist ein Schwein]

»*Un cochon? Ah, le petit charmant!*« [Ein Schwein? Ah, das kleine liebenswerte!], rief Matilda begeistert aus.

»*Mais non, pas du tout petit, et pas du tout charmant; un bête féroce –* « [Aber nein, überhaupt nicht klein und überhaupt nicht liebenswert, ein wildes Tier –]

»*Une bête*« [ein Biest (weiblich)], korrigierte Matilda; »ein Schwein ist männlich, solange man es Schwein nennt, aber wenn man es beschimpft und es eine wilde Bestie nennt, wird es sofort weiblich. Französisch ist eine furchtbar geschlechts-untypische Sprache.«

»Um Himmels willen, dann lass uns doch Englisch reden«, sagte Mrs. Stossen. »Gibt es einen anderen Weg aus diesem Garten als den über die Koppel, wo das Schwein ist?«

»Ich benutze immer den Pflaumenbaum, wenn ich über die Gartenmauer gehe«, sagte Matilda.

»So, wie wir angezogen sind, können wir das kaum tun«, sagte Mrs. Stossen.

Es war in der Tat nicht vorstellbar, dass sie es in ihrer Garderobe tun könnten.

»Meinst du, du könntest jemanden holen, der das Schwein vertreibt?«, fragte Miss Stossen.

»Ich habe meiner Tante versprochen, bis fünf Uhr hierzubleiben, und jetzt ist es noch nicht einmal vier.«

»Ich bin sicher, unter diesen Umständen würde es deine Tante erlauben – «

»Aber mein Gewissen würde es nicht erlauben«, sagte Matilda kühl und würdevoll.

»Wir können nicht bis fünf Uhr hierbleiben«, rief Mrs. Stossen mit wachsender Verärgerung.

»Soll ich euch etwas vortragen, damit die Zeit schneller vergeht?«, fragte Matilda hilfsbereit. »'Belinda, die kleine Brotverdienerin' gilt als mein bestes Stück, oder vielleicht sollte es etwas auf Französisch sein. Henri Quatres Ansprache an seine Soldaten ist das Einzige, was ich in dieser Sprache wirklich kann.«

»Wenn du jemanden holst, der das Tier vertreibt, gebe ich dir etwas, damit du dir ein schönes Geschenk kaufen kannst«, sagte Mrs. Stossen.

Matilda kletterte ein paar Zentimeter den Mispelbaum hinunter:

»Das ist der praktischste Vorschlag, den Sie bisher gemacht haben, um aus dem Garten herauszukommen«, bemerkte sie fröhlich. »Claude und ich sammeln Geld für den Kinder-Frischluft-Fonds, und wir wollen sehen, wer von uns die größte Summe zusammenbekommt.«

»Ich werde sehr gerne eine halbe Krone beisteuern, wirklich sehr gerne«, sagte Mrs. Stossen und kramte die Münze aus den Tiefen eines Behältnisses hervor, das einen separaten Teil ihrer Garderobe bildete.

»Claude ist mir im Moment weit voraus«, fuhr Matilda fort, ohne auf das vorgeschlagene Angebot einzugehen. »Wissen Sie, er ist erst elf und hat goldenes Haar. Das sind enorme Vorteile, wenn man als Sammler tätig ist. Erst neulich hat ihm eine russische Dame zehn Schilling gegeben. Die Russen verstehen die Kunst des Gebens viel besser als wir. Ich rechne damit, dass Claude heute Nachmittag fünfundzwanzig Schillinge einnehmen wird; er wird das Feld für sich allein haben, und er wird das 'Blass-und-zerbrechlich-sie-werden-bald-sterben-Geschäft', nach seiner Erfahrung mit dem Himbeeren-Trifle zur Perfektion treiben. Ja, er wird mir jetzt schon zwei Pfund voraus sein.«

Nach einigem Probieren und Herumsuchen und viel bedauerndem Gemurmel schafften es die bedrängten Damen, sieben Shilling und einen Sixpence zusammenzubringen [siebeneinhalb Shilling].

»Ich fürchte, das ist alles, was wir haben«, sagte Mrs. Stossen.

Matilda machte keine Anstalten, dass sie auf die Erde oder auf ihr Angebot heruntergehen würde.

»Für weniger als zehn Schilling könnte ich meinem Gewissen keine Gewalt antun«, erklärte sie steif.

Mutter und Tochter tauschten einige Bemerkungen unter sich aus, in denen das Wort 'Bestie' eine wichtige Rolle spielte und das wahrscheinlich nichts mit Tarquin zu tun hatten.

»Ich denke, ich habe noch eine halbe Krone gefunden«, sagte Mrs. Stossen mit zitternder Stimme, »hier, bitte sehr, und jetzt, hole bitte schnell jemanden.«

[1/2 Krone = zwei Shilling und ein Sixpence. Macht zusammen mit dem ersten Angebot zehn Shilling]

Matilda rutschte vom Baum herunter und nahm die Spende entgegen. Dann suchte sie sich eine Handvoll überreifer Mispel-Äpfel aus dem Gras zu ihren Füßen aus, kletterte über das Tor und wandte sich liebevoll an das Eberschwein.

»Komm, Tarquin, lieber alter Junge, du weißt doch, dass du Mispel-Äpfeln nicht widerstehen kannst, wenn sie faul und matschig sind.«

Tarquin konnte es nicht.

Matilda warf ihm in bestimmten Abständen das Obst vor die Füße und lockte ihn zurück zu seinem Stall, während die befreiten Gefangenen über die Koppel eilten.

»Also, das glaube ich jetzt nicht! Das kleine Biest!«, rief Mrs. Stossen aus, als sie sicher auf der Hauptstraße waren.

»Das Tier war überhaupt nicht wild, und was die zehn Schillinge angeht, so glaube ich nicht, dass der Kinder-Frischluftfonds auch nur einen Penny davon sehen wird!«

Doch sie war ein wenig zu hart in ihrem Urteil. Wenn Sie die Bücher des Fonds untersuchen, werden Sie diese Danksagung finden:

'Gesammelt von Miss Matilda Cuvering, zwei Shilling und ein Sixpence'.

BROGUE

Die Jagdsaison war zu Ende, und den Mullets war es wieder nicht gelungen, Brogue zu verkaufen. In den letzten drei oder vier Jahren hatte es in der Familie eine Art Tradition gegeben, eine Art fatalistische Hoffnung, dass Brogue noch vor dem Ende der Jagdsaison einen Käufer finden würde; aber die Saisons kamen und gingen, ohne dass etwas geschah, das diesen unbegründeten Optimismus rechtfertigen würde.

Das Tier war in der ersten Phase seines temperamentvollen Daseins 'Berserker' genannt worden; später wurde es in Brogue umgetauft, weil es, einmal erworben, nur schwer wieder loszuwerden war [Brogue = hier starker Akzent, besonders irisch oder schottisch]. Besondere Schlaumeier aus der Nachbarschaft waren dafür bekannt, dass sie den ersten Buchstaben des Namens für überflüssig hielten [rogue = Schurke]. In den Verkaufskatalogen wurde er unterschiedlich beschrieben: Als leichtes Jagdpferd, als Reitpferd für Damen, und einfacher, aber immer noch mit einem Hauch von Fantasie, als nützlicher brauner Wallach von 15,1 hands [1,54m Stockmass].

Toby Mullet hat ihn vier Saisons lang in West Wessex geritten. In West Wessex kann man fast jedes Pferd reiten, solange es ein Tier ist, das das Land kennt. Brogue kannte das Land wie seine Westentasche, denn er hatte die meisten Lücken in den Böschungen und Hecken im Umkreis von vielen Meilen selbst eingerissen.

Sein Betragen und seine Eigenschaften waren nicht ideal für die Jagd, aber er war offensichtlich sicherer unterwegs, wenn er zusammen mit Hunden geritten wurde, als wenn er auf Landstraßen unterwegs war.

Nach Aussage der Familie Mullet war er nicht wirklich verkehrsscheu, aber es gab ein oder zwei Objekte, die er nicht mochte und die zu plötzlichen Anfällen dessen führten, was Toby als 'Schlenkerkrankheit' bezeichnete.

Autos und Motorräder behandelte er mit toleranter Missachtung, aber Schweine, Schubkarren, Steinhaufen am Straßenrand, Kinderwagen in einer Dorfstraße, zu strahlend weiß gestrichene Tore und manchmal, aber nicht immer, die neuere Art von Bienenstöcken, ließen ihn in lebhafter Nachahmung des Zickzackkurses eines sich gabelnden Blitzes aus der Spur kommen.

Wenn ein Fasan lautstark von der anderen Seite einer Hecke auftauchte, sprang Brogue im selben Moment in die Luft, aber das mag auf den Wunsch zurückzuführen sein, sich mit diesem anzufreunden.

Die Familie Mullet widersprach der weitverbreiteten Meinung, dass das Pferd ein eingefleischter Krippenbeißer sei.

Es war ungefähr in der dritten Maiwoche, als Mrs. Mullet, die Nachfahrin des verstorbenen Sylvester Mullet und Mutter von Toby und einer Reihe von Töchtern, Mr. Clovis Sangrail am Rande des Dorfes überfiel, und ihm, kaum zu Atem kommend, eine Zusammenstellung der örtlichen Ereignisse gab.

Schließlich sagte sie: »Kennen Sie unseren neuen Nachbarn, Mr. Penricarde? Er ist furchtbar reich, besitzt Zinnminen in Cornwall, ist mittleren Alters und eher ruhig. Er hat das Red House für lange Zeit angemietet und viel Geld für Umbauten und Verbesserungen ausgegeben. Nun, was meinen Sie – Toby hat ihm Brogue verkauft!«

Clovis brauchte einen Moment, um die erstaunliche Nachricht zu verdauen, dann brach er in unüberhörbare Glückwünsche aus. Wäre er einer von der gefühlsbetonten Sorte gewesen, hätte er Mrs. Mullet wahrscheinlich geküsst.

»Wie schön, dass es endlich geklappt hat! Jetzt könnt ihr euch ein anständiges Tier kaufen. Ich habe immer gesagt, dass Toby klug ist. Herzlichen Glückwunsch!«

»Gratulieren Sie mir nicht, das ist das Unglücklichste, was passieren konnte!«, sagte Mrs. Mullet dramatisch.

Clovis starrte sie erstaunt an.

»Mr. Penricarde«, sagte Mrs. Mullet und senkte ihre Stimme zu einem vermeintlich beeindruckenden Flüstern, das jedoch eher einem heiseren, erregten Quieken glich. »Mr. Penricarde hat gerade begonnen, meiner Tochter Jessie seine Aufmerksamkeit zu schenken. Zuerst nur leicht, aber jetzt unübersehbar. Ich war ein Narr, dass ich es nicht früher bemerkt habe.«

»Gestern, beim Gartenfest im Pfarrhaus, hatte er sie gefragt, was ihre Lieblingsblumen wären, und sie sagte ihm Nelken, und heute kam ein ganzer Stapel Nelken an, Nelken und Malmaison-Rosen und schöne dunkelrote, richtige Ausstellungsblumen und eine Schachtel Pralinen, die er wohl extra aus London mitgebracht hat.«

»Dann hat er sie gebeten, morgen mit ihm über den Golfplatz zu gehen. Und jetzt, genau in diesem kritischen Moment, hat Toby ihm das Tier verkauft. Das ist wahrhaftig ein großes Unglück!«

»Aber ihr habt doch schon seit Jahren versucht, das Pferd loszuwerden«, sagte Clovis.

»Ich habe ein Haus voller Töchter«, sagte Mrs. Mullet, »und ich habe versucht – na ja, natürlich nicht, sie auch loszuwerden, aber ein oder zwei Ehemänner wären nicht verkehrt bei den vielen; es sind sechs, wie Sie wissen.«

»Ich weiß es nicht«, sagte Clovis, »ich habe sie noch nie gezählt, aber ich nehme an, dass Sie mit der Anzahl richtig liegen. Mütter wissen so etwas im Allgemeinen.«

»Und jetzt«, fuhr Mrs. Mullet in ihrem tragischen Flüsterton fort, »gerade als ein reicher potenzieller Ehemann am Horizont auftaucht, geht Toby hin und verkauft ihm dieses elende Tier. Es wird ihn wahrscheinlich umbringen, wenn er versucht, es zu reiten; auf jeden Fall wird es jede Zuneigung töten, die er für ein Mitglied unserer Familie empfinden könnte.«

»Was kann man da tun? Wir können das Pferd nicht zurücknehmen. Wir haben es hoch gelobt, als wir dachten, er könnte es kaufen, und gesagt, es sei genau das richtige Tier für ihn.«

»Könnten Sie es nicht aus seinem Stall stehlen und es auf einem meilenweit entfernten Bauernhof grasen lassen?«, schlug Clovis vor; »schreiben Sie 'Wahlrecht für Frauen' an die Stalltür, und die Sache würde als Frauenrechtlerin-Aktion durchgehen. Niemand, der das Pferd kennt, würde je vermuten, dass Sie es zurückholen wollten.«

»Jede Zeitung im Land würde darüber berichten«, sagte Mrs. Mullet. »Stellen Sie sich nur die Schlagzeile vor: 'Wertvolles Jagdpferd von Frauenrechtlerinnen gestohlen'. Die Polizei würde das ganze Land durchkämmen, um das Tier zu finden.«

»Nun, dann muss Jessie eben versuchen, es von Penricarde zurückzubekommen, mit dem Argument, dass es ein alter Liebling von ihr ist. Sie kann sagen, dass es nur verkauft wurde, weil der Stall wegen eines alten Reparaturpachtvertrags abgerissen werden sollte, und dass jetzt vereinbart wurde, dass der Stall doch noch ein paar Jahre länger so stehen bleiben kann.«

»Es klingt seltsam, ein Pferd zurückzufordern, wenn man es gerade verkauft hat«, sagte Frau Mullet, »aber es muss etwas geschehen, und zwar sofort. Der Mann ist nicht an Pferde gewöhnt, und ich glaube, ich habe ihm gesagt, es sei so ruhig wie ein Lamm. Lämmer strampeln doch herum, als ob sie verrückt wären, nicht wahr?«

»Lämmer haben einen Ruf von Behäbigkeit, den sie nicht verdient haben«, stimmte Clovis zu.

Am nächsten Tag kam Jessie mit einer Mischung aus Freude und Sorge vom Golfplatz zurück: »Mit dem Antrag ist alles in Ordnung«, sagte sie, »er kam damit am sechsten Loch herraus. Ich sagte, ich bräuchte Zeit, um darüber nachzudenken. Nach dem siebten Loch habe ich ihn angenommen«.

»Meine Liebe«, sagte ihre Mutter, »ich denke, ein wenig mehr mädchenhafte Zurückhaltung und Zögern wäre angebracht gewesen, da du ihn erst seit so kurzer Zeit kennst. Du hättest bis zum neunten Loch warten können.«

»Das siebte Loch ist sehr lang«, sagte Jessie, »und die Anspannung hat uns beide aus dem Konzept gebracht. Als wir am neunten Loch angekommen waren, hatten wir schon vieles geklärt. Die Flitterwochen werden wir auf Korsika verbringen, vielleicht mit einem Abstecher nach Neapel, wenn wir Lust haben, und zum Abschluss eine Woche in London.«

»Er wird zwei seiner Nichten als Brautjungfern einladen, sodass sie zusammen mit meinen Schwestern sieben sind, was eine glückliche Zahl ist. Du wirst dein perlgraues Kleid mit viel Honiton-Spitze tragen.«

»Übrigens kommt er heute Abend vorbei, um dich zu fragen, ob du mit der ganzen Sache einverstanden bist. Soweit ist alles in Ordnung, aber mit Brogue ist es anders. Ich habe ihm die Geschichte mit dem Stall erzählt und wie sehr wir das Pferd zurückkaufen wollen, aber er scheint es genauso sehr behalten zu wollen«.

»Er sagt, dass er jetzt, wo er auf dem Lande lebt, mit dem Pferd trainieren muss, und er wird morgen mit dem Reiten beginnen. Er ist ein paar Mal in Row geritten, auf einem Tier, das daran gewöhnt war, Achtzigjährige und Kurgäste zu tragen, und das ist so ziemlich alles, was er an Erfahrung im Sattel hat – oh, und er ist auch einmal in Norfolk auf einem Pony geritten, als er fünfzehn war und das Pony vierundzwanzig – und morgen wird er Brogue reiten!«

»Ich werde Witwe sein, bevor ich verheiratet bin, und ich möchte so gerne wissen, wie es auf Korsika wirklich ist; es sieht auf der Karte so albern aus.«

Clovis wurde in aller Eile herbeigerufen und über die Entwicklung der Lage informiert.

»Niemand kann dieses Tier reiten und seines Lebens sicher sein«, sagte Mrs. Mullet, »außer Toby. Er weiß aus langer Erfahrung, worauf es zusteuert, und schafft es immer wieder, auszuweichen.«

»Ich habe gegenüber Mr. Penricarde – Vincent, sollte ich sagen – bereits angedeutet, dass Brogue keine weißen Tore mag«, sagte Jessie.

»Weiße Tore!«, rief Mrs. Mullet aus, »hast du erwähnt, welche Wirkung ein Schwein auf Brogue hat?«

»Er muss an Lockyers Farm vorbei, um zur Hauptstraße zu gelangen, und auf dem Weg dorthin grunzen bestimmt ein oder zwei Schweine herum.«

»Und er hat in letzter Zeit auch eine Abneigung gegen Truthähne entwickelt«, ergänzte Toby.

»Es ist klar, dass Penricarde nicht auf diesem Tier ausreiten darf«, sagte Clovis, »zumindest nicht, bis Jessie ihn geheiratet hat und seiner überdrüssig ist.«

»Ich sage Ihnen was – laden Sie ihn morgen zu einem Picknick ein, das sehr früh beginnt. Er ist nicht der Typ, der vor dem Frühstück ausreitet, und übermorgen werde ich den Rektor bitten, ihn vor dem Mittagessen nach Crowleigh zu fahren, um sich das neue Cottage Hospital anzusehen, das dort gebaut wird. Brogue wird im Stall stehen, und Toby kann ihm anbieten, ihm ein wenig Bewegung zu verschaffen. Dann kann er auf einen Stein oder etwas Ähnliches treten und danach lahm gehen. Wenn man sich mit der Hochzeit ein wenig beeilt, kann die Fiktion der Lahmheit aufrechterhalten werden, bis die Zeremonie sicher beendet ist.«

Anders als Clovis gehörte Mrs. Mullet zu der gefühlsbetonten Sorte, und sie küsste ihn.

Niemand konnte etwas dafür, dass es am nächsten Morgen in Strömen regnete und ein Picknick unmöglich machte. Es war auch niemandes Schuld, sondern reines Pech, dass sich das Wetter am Nachmittag so weit aufklarte, dass Herr Penricarde seinen ersten Versuch mit Brogue unternehmen konnte.

Sie kamen nicht bis zu den Schweinen auf Lockyers Farm, und das Tor des Pfarrhauses, das vor ein oder zwei Jahren noch weiß gewesen war, war jetzt in einem matten, unauffälligen Grün angestrichen, aber Brogue hatte nicht vergessen, dass er an dieser Stelle der Straße einen heftigen Knicks, einen Rückwärtsgang und einen Schlenker zu machen pflegte.

Da seine Dienste anscheinend nicht mehr gebraucht wurden, brach er in den Obstgarten des Pfarrhauses ein, wo er eine Truthenne in einem Stall vorfand. Spätere Besucher des Obstgartens fanden den Stall fast unversehrt, aber von der Truthenne war nur noch wenig übrig.

Mr. Penricarde, der einigermaßen fassungslos und erschüttert war und ein geprelltes Knie und einige kleinere Blessuren davongetragen hatte, schrieb den Unfall gutmütig seiner eigenen Unerfahrenheit mit Pferden und Landstraßen zu und erlaubte Jessie, ihn in etwas weniger als einer Woche wieder völlig gesund und golftauglich zu pflegen.

In der Liste der Hochzeitsgeschenke, die die örtliche Zeitung etwa zwei Wochen später veröffentlichte, erschien der folgende Eintrag:

'Braunes Reitpferd, Brogue, Geschenk des Bräutigams an die Braut.'

»Das zeigt«, sagte Toby Mullet, »dass er von nichts wusste.«

»Oder aber«, sagte Clovis, »dass er einen sehr angenehmen Humor hat.«

DIE HENNE

»Dora Bittholz kommt am Donnerstag«, sagte Mrs. Sangrail.

»Am nächsten Donnerstag?«, fragte Chlovis.

Seine Mutter nickte.

»Du hast es wieder einmal geschafft, nicht wahr?«, kicherte er. »Jane Martlet ist erst seit fünf Tagen hier, und sie bleibt nie weniger als zwei Wochen, selbst wenn sie sich ausdrücklich nur für eine Woche angekündigt hat. Du wirst sie bis Donnerstag nicht aus dem Haus bekommen.«

»Warum sollte ich?«, fragte Mrs. Sangrail, »sie und Dora sind doch gute Freundinnen, nicht wahr? Zumindest waren sie es, soweit ich mich erinnere.«

»Sie *waren* einmal Freundinnen, und das macht sie jetzt zu umso bittereren Feindinnen. Jede hat das Gefühl, dass sie eine Viper in ihrem Busen genährt hat. Nichts schürt den menschlichen Groll mehr als die

Entdeckung, dass der eigene Busen als Schlangenaufzuchtstation benutzt wurde«.

»Aber was ist denn passiert? Hat jemand etwas Dummes gemacht?«

»Nicht direkt«, sagte Clovis, »eine Henne kam dazwischen.«

»Eine Henne? Welche Henne?«

»Es war ein bronzefarbenes Leghorn oder eine andere exotische Rasse, und Dora verkaufte es Jane auch zu einem ziemlich exotischen Preis.«

»Die beiden haben eine Schwäche für preisgekröntes Geflügel, und Jane dachte, sie würde ihr Geld mit einer großen Familie von Rassehühnern zurückbekommen. Der Vogel entpuppte sich als Legeabstinenzler, und ich habe mir sagen lassen, dass die Briefe, die zwischen den beiden Frauen ausgetauscht wurden, eine Offenbarung dafür waren, wie viel Schimpfwörter auf ein Blatt Papier passen.«

»Wie lächerlich!«, sagte Mrs. Sangrail. »Konnten nicht einige ihrer Freunde den Streit dirigieren.«

»Man hat es versucht«, sagte Clovis, »aber es war wohl eher so, als würde man die Sturmmusik des 'Fliegenden Holländers' dirigieren.«

»Jane war bereit, einige ihrer verleumderischen Bemerkungen zurückzunehmen, wenn Dora die Henne zurücknähme, aber Dora sagte, das hieße, sich selbst im Unrecht zu sehen, und du weißt, dass sie eher daran denken würde, ein Slumgrundstück in Whitechapel zu kaufen, als das zu tun.«

»Das ist eine sehr unangenehme Situation«, sagte Mrs. Sangrail. »Glaubst du, sie werden nicht miteinander sprechen?«

»Im Gegenteil, die Schwierigkeit wird darin bestehen, sie abzuhalten, das zu tun. Die Menge der Bemerkungen über das Verhalten und den Charakter des jeweils anderen wurden bisher von der Tatsache bestimmt, dass nur vier Unzen beschriebenes Papier für einen Penny mit der Post verschickt werden können.«

»Ich kann Dora nicht vertrösten«, sagte Mrs. Sangrail. »Ich habe ihren Besuch schon einmal verschoben, und nur ein Wunder könnte Jane dazu bringen, vor Ablauf der ihr zustehenden vierzehn Tage abzureisen.«

»Wunder sind eher meine Sache«, sagte Clovis. »Ich gebe nicht vor, in diesem Fall sehr hoffnungsvoll zu sein, aber ich werde mein Bestes tun.«

»Solange du mich da nicht mit hineinziehst«, forderte ihn seine Mutter auf.

»Die Dienerschaft ist ein ziemliches Ärgernis«, murmelte Clovis, als er nach dem Mittagessen im Raucherzimmer saß und sich unruhig mit Jane Martlet unterhielt, während er die Zutaten für einen Cocktail zusammenstellte. Diesen Trank hatte er respektlos unter dem Namen Ella Wheeler Wilcox, eine [US-amerikanische Schriftstellerin] für sich selbst patentiert. Er bestand zum Teil aus altem Branntwein und zum Teil aus Curaçoa; es gab noch weitere Zutaten, die aber nie allgemein preisgegeben wurden.

»Ja, die Dienerschaft ist ein Ärgernis«, rief Jane aus und stürzte sich auf das Thema, mit dem überschwänglichen Sprung eines berittenen Jägers, der mit seinem Pferd von der Landstraße abkommt und den Boden unter den Hufen spürt. »Ich glaube, das ist sie!«

»Sie können sich gar nicht vorstellen, wie schwer es mir in diesem Jahr gefallen ist, etwas Passendes zu finden. Aber bei Ihnen sehe ich keinen Grund zur Klage – ihre Mutter hat so viel Glück mit ihren Dienern. Sturridge zum Beispiel – er ist schon seit Jahren bei Ihnen, und ich bin sicher, er ist ein vorbildlicher Butler«.

»Das ist ja das Problem«, sagte Clovis. »Wenn Diener jahrelang bei einem sind, werden sie zu einer echten Plage. Diejenigen, die heute hier sind und morgen wieder gehen, sind nicht schlimm – man muss sie einfach ersetzen; die, die bleiben und die, die vorbildlich sind, sind das wirkliche Problem.«

»Aber wenn Sie einen zufriedenstellen – «

»Das hindert sie aber nicht daran, Ärger zu machen. Nun, Sie haben Sturridge erwähnt – es war Sturridge, an den ich besonders dachte, als ich die Bemerkung machte, dass Diener ein Ärgernis sind.«

»Der ausgezeichnete Sturridge soll ein Ärgernis sein! Ich kann es nicht glauben.«

»Ich weiß, dass er ausgezeichnet ist, und wir könnten ohne ihn nicht auskommen; er ist das einzige verlässliche Element in diesem eher chaotischen Haushalt. Aber gerade seine Ordnungsliebe hat sich auf ihn ausgewirkt.«

»Haben Sie schon einmal darüber nachgedacht, wie es sein muss, ein Leben lang immer wieder das Richtige auf die richtige Weise in der gleichen Umgebung zu tun? Genau zu wissen und zu bestimmen und zu überwachen, welches Silber und welches Glas und welche Tischwäsche bei welcher Gelegenheit zu verwenden und aufzustellen ist, Keller und Speisekammer und Geschirrschrank unter einer minutiös ausgearbeiteten und unbeirrbaren Verwaltung zu haben, still, ungreifbar, allgegenwärtig und, soweit es die eigene Tätigkeit betrifft, allwissend zu sein?«

»Ich würde dabei verrückt werden«, sagte Jane voller Überzeugung.

»Genau«, sagte Clovis nachdenklich und schluckte seinen fertigen Ella Wheeler Wilcox herunter.

»Aber Sturridge ist doch nicht verrückt geworden?«, sagte Jane mit einem Anflug von Neugier in ihrer Stimme.

»In den meisten Punkten ist er völlig gesund und zuverlässig«, sagte Clovis, »aber manchmal unterliegt er den hartnäckigsten Wahnvorstellungen, und bei diesen Gelegenheiten wird er nicht nur zu einem Ärgernis, sondern zu einer ausgesprochenen Peinlichkeit.«

»Welche Art von Wahnvorstellungen?«

»Unglücklicherweise drehen sie sich meistens um einen der Gäste im Haus, und da fängt das Unglück an.«

»Er hat sich zum Beispiel in den Kopf gesetzt, dass Matilda Sheringham der Prophet Elias ist, und da er von Elias' Geschichte nur die Episode mit den Raben in der Wüste kannte, wo Elias durch einen von Gott gesandten Raben ernährt wurde, wollte er sich auf keinen Fall in das einmischen, was er für Matildas private Art der Verpflegung betrachtete.«

»Er ließ ihr morgens keinen Tee bringen, und wenn er am Tisch bediente, überging er sie völlig beim Austeilen des Geschirrs.«

»Wie unangenehm. Was haben Sie dagegen unternommen?«

»Oh, Matilda wurde zwar auf eine oder andere Weise ernährt, aber man hielt es für das Beste, dass sie ihren Besuch abzukürzen sollte. Das war wirklich das Einzige, was man tun konnte«, sagte Clovis mit einigem Nachdruck.

»Ich hätte das nicht getan«, sagte Jane, »ich hätte ihm irgendwie seinen Willen gelassen, aber ich wäre bestimmt nicht fortgegangen.«

Clovis runzelte die Stirn: »Es ist nicht immer klug, den Leuten ihren Willen zu lassen, wenn sie sich solche Ideen in den Kopf gesetzt haben. Man weiß nie, wie weit sie gehen können, wenn man sie ermutigt.«

»Sie meinen doch nicht etwa, dass er gefährlich sein könnte?«, fragte Jane etwas besorgt.

»Man kann sich da nie sicher sein«, sagte Clovis. »Hin und wieder hat er eine Idee von einem Gast, die eine unglückliche Wendung nehmen könnte. Genau das ist es, was mich im Moment beunruhigt.«

»Was, hat er sich jetzt jemanden anders ausgesucht?«, fragte Jane ganz aufgeregt, »wie spannend! Sagen Sie mir doch, wer es ist.«

»Sie sind es«, sagte Clovis kurz.

»Ich?«

Clovis nickte.

»Für wen um alles in der Welt hält er mich?«

»Queen Anne«, lautete die unerwartete Antwort.

»Queen Anne! Was für ein Einfall! Aber es ist ja auch nichts Gefährliches an ihr, sie ist eine so farblose Persönlichkeit.«

»Und was sagt die Nachwelt vor allem über Queen Anne?«, fragte Clovis ziemlich streng.

»Das Einzige, was mir über sie einfällt«, sagte Jane, »ist der Spruch 'Queen Anne ist tot'« [ein Ausspruch, den man benutzt, wenn man jemandem gegenüber ausdrücken will, dass eine Nachricht 'ein alter Hut' ist.]

»Genau«, sagte Clovis und starrte auf das Glas, in dem sich der Ella Wheeler Wilcox befunden hatte, »tot.«

»Sie meinen, er hält mich für den Geist von Queen Anne?«, fragte Jane.

»Geist? Oh nein. Niemand hat je von einem Geist gehört, der zum Frühstück herunterkam und mit gesundem Appetit Nieren, Toast und Honig aß. Nein, es ist die Tatsache, dass Sie so lebendig und blühend sind, die ihn verblüfft und ärgert.«

»Sein ganzes Leben lang war er daran gewöhnt, Queen Anne als die Verkörperung all dessen zu betrachten, was tot und erledigt ist, 'so tot wie Queen Anne', wissen Sie. Und jetzt muss er Ihnen beim Mittag- und Abendessen die Gläser füllen und sich Ihre Berichte über die fröhliche Zeit anhören, die Sie bei der Dubliner Pferdeschau hatten, und natürlich spürt er, dass mit Ihnen etwas nicht stimmt.«

»Aber er würde mir doch deswegen feindselig gegenüberstehen, oder?«, fragte Jane besorgt.

»So richtig beunruhigt hat mich das alles erst heute Mittag«, sagte Clovis. »Ich habe ihn dabei erwischt, wie er Sie mit einem sehr finsteren Blick angestarrt und gemurmelt hat: 'Sie müsste schon längst tot sein, und jemand sollte sich darum kümmern.' Deshalb habe ich Sie auf die Sache angesprochen.«

»Das ist ja furchtbar«, sagte Jane, »das sollte man sofort ihrer Mutter erzählen.«

»Meine Mutter darf kein Wort davon erfahren«, sagte Clovis ernst, »es würde sie furchtbar aufregen. Sie verlässt sich in allem auf Sturridge.«

»Aber er könnte mich jeden Moment umbringen«, protestierte Jane.

»Nicht sofort; er ist den ganzen Nachmittag mit dem Silber beschäftigt.«

»Sie müssen die ganze Zeit scharf Ausschau halten und auf der Hut sein, um jeden mörderischen Angriff zu vereiteln«, sagte Jane und fügte in einem Ton eher schwach ausfallender Hartnäckigkeit hinzu: »Es ist eine furchtbare Situation, mit einem verrückten Butler zusammen zu sein, der über einem baumelt wie das Schwert von 'Wie-heißt-er-noch?', aber ich werde meinen Besuch deswegen bestimmt nicht abbrechen.«

Clovis fluchte vehement in sich hinein; das Wunder war eine offensichtliche Fehlzündung.

Am nächsten Morgen, nach einem späten Frühstück, hatte Clovis in der Halle seine letzte Eingebung, als er damit beschäftigt war, einem alten Golf-Putter die Rostflecken zu entlocken.

»Wo ist Miss Martlet?«, fragte er den Butler, der in diesem Moment den Flur durchquerte.

»Sie schreibt Briefe im Tageswohnzimmer, Sir«, sagte Sturridge und gab damit eine Tatsache bekannt, die seinem Fragesteller bereits bekannt war.

»Sie will die Inschrift auf dem alten Korbsäbel kopieren«, sagte Clovis und zeigte auf eine ehrwürdige Waffe, die an der Wand hing. »Ich würde mich freuen, wenn Sie sie ihr bringen würden; meine Hände sind voller Öl. Nehmen Sie ihn ohne die Scheide, das macht weniger Mühe.«

Der Butler zog die Klinge heraus, die für ihr Alter immer noch scharf und blank war, und trug sie in das Tageslichtzimmer. In der Nähe des Schreibtisches befand sich eine Tür, die zu einer Hintertreppe führte; Jane verschwand durch sie mit einer solchen Schnelligkeit, dass der Butler bezweifelte, dass sie ihn überhaupt hatte hereinkommen sehen.

Eine halbe Stunde später fuhr Clovis sie und ihr hastig gepacktes Gepäck zum Bahnhof.

»Mutter wird sehr erschrocken sein, wenn sie von ihrem Ausritt zurückkommt und feststellt, dass Sie fort sind«, bemerkte er zu dem abreisenden Gast, als sie gerade gehen wollten, »aber ich werde mir eine Geschichte ausdenken, dass ein dringendes Telegramm Sie weggerufen hat. Es wäre nicht gut, sie unnötig wegen Sturridge zu beunruhigen.«

Jane konnte den Bemerkungen von Clovis bezüglich unnötiger Beunruhigung nicht so recht folgen und war fast unhöflich zu dem jungen Diener, der sich bei ihr nach ihren Wünschen für eine Wegzehrung erkundigte.

Das Wunder verlor etwas von seinem Nutzen durch die Tatsache, dass Dora noch am selben Tag schrieb und das Datum ihres Besuchs verschob, aber auf jeden Fall hält Clovis den Rekord als einziger Mensch, der Jane Martlet jemals aus dem Zeitplan ihres Umherziehens gebracht hat.

DIE OFFENE VERANDATÜR

»Meine Tante wird gleich kommen, Mr. Nuttel«, sagte eine sehr von sich selbst überzeugte junge Dame von fünfzehn Jahren, »bis dahin müssen Sie versuchen, es mit mir auszuhalten.«

Framton Nuttel bemühte sich, das Richtige zu sagen, das in diesem Moment der Nichte gebührende Aufmerksamkeit zukommen lassen würde, ohne die Tante, die noch kommen würde, übermäßig in den Hintergrund zu stellen.

Insgeheim bezweifelte er mehr denn je, dass diese förmlichen Besuche bei einer Reihe von völlig Fremden seine angegriffenen Nerven beruhigen würden, derentwegen er sich einer Erholungskur auf dem Land unterzog.

»Ich weiß, wie das sein wird«, hatte seine Schwester gesagt, als er sich auf den Umzug in dieses ländliche Refugium vorbereitete. »Du wirst dich dort vergraben und mit niemandem sprechen, und die Probleme mit deinen Nerven werden durch das Trübsalblasen schlimmer als je zuvor.«

»Ich werde dir einfach Vorstellungsschreiben für alle Leuten geben, die ich dort kenne. Soweit ich mich erinnere, waren einige von ihnen recht nett.«

Framton fragte sich, ob Mrs. Sappleton, die Dame, der er eines der Vorstellungsschreiben überreichen wollte, zu diesen netten Leuten gehörte.

»Kennen Sie viele der Leute hier?«, fragte die Nichte, als sie fand, dass sie lange genug geschwiegen hatten.

»Kaum eine Seele«, sagte Framton. »Meine Schwester hat hier im Pfarrhaus gewohnt, wissen Sie, bis vor etwa vier Jahren, und sie hat mir Vorstellungsschreiben für einige der Leute hier mitgegeben.«

Letzteres sagte er in einem Ton offensichtlichen Bedauerns.

»Sie wissen Sie also praktisch nichts über meine Tante?«, fuhr die selbstbewusste junge Frau fort.

»Nur ihren Namen und ihre Adresse«, gab der Besucher zu. Er fragte sich, ob Mrs. Sappleton verheiratet oder verwitwet war. Ein undefinierbarer Eindruck des Zimmers schien auf einen männlichen Bewohner hinzudeuten.

»Ihre große Tragödie ist erst drei Jahre her«, sagte das Mädchen, »das war also nach der Zeit ihrer Schwester.«

»Ihre Tragödie?«, fragte Framton. Irgendwie schienen ihm Tragödien in dieser ruhigen Gegend fehl am Platz zu sein.

»Sie fragen sich vielleicht, warum wir die Verandatür an einem Oktobernachmittag so weit offenstehen lassen«, sagte die Nichte und deutete auf eine große Fenstertür, die auf den Rasen hinausführte.

»Es ist noch ziemlich warm für die Jahreszeit«, sagte Framton; »aber hat diese Verandatür etwas mit der Tragödie zu tun?«

»Vor drei Jahren, auf den Tag genau, gingen ihr Mann und ihre beiden jüngeren Brüder durch diese Verandatür hinaus auf die Jagd. Sie kamen nie zurück. Auf dem Weg durch das Moor zu ihrem bevorzugten Schnepfenjagdgebiet wurden alle an einer tückischen Stelle vom Sumpf verschluckt.«

»Es war dieser schreckliche, nasse Sommer, und Gebiete, die in anderen Jahren sicher waren, gaben plötzlich ohne Vorwarnung nach. Ihre Leichen wurden nie gefunden; es war schrecklich.«

An dieser Stelle verlor die Stimme des Kindes ihren selbstbeherrschten Ton und wurde etwas freundlicher:

»Die arme Tante glaubt immer noch, dass sie eines Tages zurückkommen werden, sie alle, und auch der kleine braune Spaniel, der mit ihnen verschwunden ist.

Sie werden durch diese Verandatür hereinspazieren, wie sie es früher getan haben. Deshalb bleibt die Tür jeden Abend offen, bis es ganz dunkel ist.«

»Die arme, liebe Tante hat mir oft erzählt, wie sie hinausgingen, ihr Mann mit seinem weißen, wasserdichten Mantel über dem Arm, und Ronnie, ihr jüngster Bruder, sang *'Bertie, why do you bound'**, wie er es immer tat, um sie zu ärgern, denn sie sagte, es ginge ihr auf die Nerven.«

[* ein populäres Wortspiel-Lied aus den frühen Anfängen des 20. Jahrhunderts]

»Wissen Sie, an manch stillen, ruhigen Abend wie diesem, habe ich das unheimliche Gefühl, dass sie alle durch diese Tür hereinspazieren werden – «

Mit einem leichten Schaudern brach sie ab, und es war eine Erleichterung für Framton, als die Tante mit einem Wirbel von Entschuldigungen für ihr verspätetes Erscheinen ins Zimmer eilte.

»Ich hoffe, Vera hat sie gut unterhalten«, sagte sie.

»Sie war sehr interessant«, antwortete Framton.

»Die offene Tür stört Sie doch nicht«, fuhr Mrs. Sappleton mit lebhafter Stimme fort, »mein Mann und meine Brüder werden bald von der Jagd nach Hause kommen, und sie gehen immer durch diese Tür. Sie waren heute in den Sümpfen auf Schnepfenjagd und werden meine armen Teppiche wieder schmutzig machen. So ist das bei euch Männern, nicht wahr?«

Sie erzählte fröhlich von der Jagd, dem Mangel an Vögeln und den Aussichten auf Enten im Winter. Für Framton war das alles schrecklich, und er versuchte verzweifelt, aber nur teilweise erfolgreich, das Gespräch auf ein weniger grässliches Thema zu lenken.

Er bemerkte, dass seine Gastgeberin ihm nur einen Bruchteil ihrer Aufmerksamkeit schenkte, da sie ihren Blick immer wieder an ihm vorbei auf die offene Tür und den Rasen dahinter richtete.

Es war mehr als ein unglücklicher Zufall, dass sein Besuch ausgerechnet an diesem tragischen Jahrestag stattfand. »Die Ärzte sind sich darin einig«, verkündete Framton, »mir völlige Ruhe zu verordnen, keine geistige Erregung zuzulassen und alles zu vermeiden, was mit heftiger körperlicher Anstrengung zu tun hat.«

Er litt unter dem weitverbreiteten Irrglauben, dass sich selbst wildfremde Menschen und Zufallsbekanntschaften für die kleinsten Details der eigenen Leiden und Gebrechen und deren Ursache und Heilung interessieren. »In der Frage der Ernährung sind sie sich nicht so einig«, fuhr er fort.

»Nein?«, sagte Mrs. Sappleton mit einer Stimme, die erst im letzten Moment einem Gähnen wich. Dann wurde sie plötzlich hellhörig, aber nicht auf das, was Framton sagte.

»Da sind sie ja endlich!«, rief sie. »Gerade rechtzeitig zum Tee, und sehen sie nicht wieder aus, als wären sie bis zur Nase hoch mit Schlamm bedeckt!«

Framton begann leicht zu zittern. Er wandte sich der Nichte mit einem Blick zu, der Mitgefühl für die Tante ausdrücken sollte, aber das Mädchen starrte mit fassungslosem Entsetzen in den Augen durch die offene Tür. In einem kalten Schock unbeschreiblicher Angst drehte sich Framton auf seinem Stuhl um und blickte in dieselbe Richtung.

In der zunehmenden Dämmerung schritten drei Gestalten über den Rasen auf die Fenstertür zu; sie alle trugen Gewehre unter dem Arm, und einer von ihnen hatte zusätzlich einen weißen Mantel über die Schulter gelegt.

Ein müder brauner Spaniel blieb ihnen dicht auf den Fersen. Leise näherten sie sich dem Haus, und dann erklang aus der Dämmerung der Gesang einer heiseren jungen Stimme: *'Bertie, why do you bound'*.

Framton griff panisch nach Stock und Hut. Die Tür im Vorraum, der mit Kies bedeckte Zufahrtsweg und das Eingangstor waren nur noch schemenhafte wahrnehmbare Stationen auf seinem rasanten Rückzug. Ein Radfahrer, der die Straße entlang kam, musste in eine Hecke hinein ausweichen, um einen drohenden Zusammenstoß zu vermeiden.

»Hier sind wir wieder, meine Liebe«, sagte der Mann mit dem weißen Mackintosh-Mantel, als er durch die Fenstertür hereinkam, »ziemlich verschlammt, aber das meiste ist trocken. Wer war das, der da gerade davongesprungen ist, als wir heraufkamen?«

»Ein ganz außergewöhnlicher Mann, dieser Mr. Nuttel«, sagte Mrs. Sappleton, »er wollte nur über seine Krankheiten reden und ist ohne ein Wort des Abschieds oder der Entschuldigung davongelaufen, als ihr gekommen seid. Man könnte meinen, er hätte einen Geist gesehen.«

»Ich nehme an, es war der Spaniel«, sagte die Nichte ruhig, »er hat mir erzählt, dass er große Angst vor Hunden hat. Er wurde einmal von einer Meute Pariahunden auf einen Friedhof irgendwo am Ufer des Ganges gejagt und musste die Nacht in einem frisch ausgehobenen Grab verbringen, während diese wilden Kreaturen direkt über ihm knurrten, fauchten und vor Wut schäumten. Das reicht, um jedem die Nerven zu rauben.«

Geschichten in kürzester Zeit zu erfinden war ihre Spezialität.

EINE VERDIENTE PAUSE

»Ich habe Latimer Springfield gebeten, den Sonntag bei uns zu verbringen und über Nacht zu bleiben«, verkündete Mrs. Durmot am Frühstückstisch.

»Ich dachte, er steckt mitten im Wahlkampf«, bemerkte ihr Mann.

»Stimmt; die Wahl ist am Mittwoch, und der arme Mann wird sich bis dahin fast zu Tode geschuftet haben.«

»Stell dir nur vor, wie es sein muss, bei diesem fürchterlichen Regenwetter Wahlkampf zu betreiben, über matschige Landstraßen zu fahren und in zugigen Schulräumen vor nassem Publikum zu sprechen, Tag für Tag, zwei Wochen lang. Am Sonntagmorgen muss er in irgendeiner Kirche auftreten, und gleich danach kann er zu uns kommen und sich von allem, was mit Politik zu tun hat, gründlich erholen.«

»Ich werde ihn nicht einmal gestatten, an Politik zu denken«, sagte Mrs. Durmont. Ich habe das Bild von Cromwell, wie er das 'Long Parliament' auflöst, von der

Treppe abhängen lassen und sogar das Porträt von 'Ladas' [Reitpferd] von Lord Roseberys [ehem. Premierminister] aus dem Rauchzimmer entfernt].

»Und Vera«, fügte Mrs. Durmot an ihre sechzehnjährige Nichte gewandt hinzu, »pass auf, welche Farbe dein Haarband hat; auf keinen Fall blau oder gelb, das sind die rivalisierenden Parteifarben, und smaragdgrün oder orange wären fast genauso schlimm, wenn man an die Sache mit der Home Rule [Selbstverwaltung durch Gebietskörperschaften] denkt«.

»Bei offiziellen Anlässen trage ich immer eine schwarze Schleife im Haar«, sagte Vera mit beeindruckender Würde.

Latimer Springfield war ein eher freudloser, altmodischer junger Mann, der in die Politik ging, wie andere Leute in die Halbtrauer [kleidungsmäßig etwas aufgelockerter, folgt der ersten Trauer] gehen würden. Er war zwar kein Enthusiast, aber ein fleißiger Arbeiter, und Mrs. Durmot hatte recht, als sie sagte, dass er sich für diese Wahl sehr ins Zeug legte.

Die erholsame Ruhe, die ihm seine Gastgeberin verordnete, war ihm sehr willkommen, und doch konnte er die nervöse Aufregung wegen des Wahlkampfs nicht ganz abschütteln.

»Ich weiß, dass er die halbe Nacht aufbleiben wird, um die Punkte für seine letzten Reden auszuarbeiten«, sagte Mrs. Durmot bedauernd, »aber wir haben die Politik den ganzen Nachmittag und Abend auf Distanz gehalten. Mehr als das können wir nicht tun.«

»Das bleibt abzuwarten«, sagte Vera, aber das sagte sie mehr zu sich selbst.

Kaum hatte Latimer seine Schlafzimmertür geschlossen, war er in ein Bündel von Notizen und Pamphlete vertieft. Er hatte Füllfederhalter und Taschenbuch hervorgeholt, um nützliche Fakten und diskrete Fiktionen zusammenzutragen.

Er war vielleicht fünfunddreißig Minuten mit seiner Arbeit beschäftigt gewesen und das Haus schien dem gesunden Schlummer des Landlebens verfallen zu sein, als auf ein ersticktes Quietschen und Scharren auf dem Gang ein lautes Klopfen an seiner Tür folgte.

Bevor er antworten konnte, stürmte eine schwer bepackte Vera mit der Frage ins Zimmer: »Kann ich die hier lassen?«

'Die' waren ein kleines schwarzes Schwein und ein kräftiges Exemplar eines schwarz-roten Kampfhahns.

Latimer hatte eine nur mäßig ausgeprägte Tierliebe und interessierte sich nur aus wirtschaftlicher Sicht für die Kleintierzucht. Eine der Schriften, an der er gerade arbeitete, sprach sich sogar für die stärkere Entwicklung der Schweine- und Geflügelindustrie in unseren ländlichen Gebieten aus, aber er war verständlicherweise nicht bereit, selbst ein geräumiges Schlafzimmer mit Hühnerstangen- und Stall-Bewohnern zu teilen.

»Wären sie nicht glücklicher, wenn sie draußen wären?«, fragte Latimir und drückte damit taktvoll seine eigenen Wünsche in dieser Frage aus, während er sich vermeintlich um die der anderen sorgte.

»Es gibt kein Draußen mehr«, sagte Vera ernst, »nur noch eine von dunklen Wassermassen verwüstete Fläche. Der Stausee in Brinkley ist gebrochen.«

»Ich wusste nicht, dass es in Brinkley einen Stausee gibt«, sagte Latimer.

»Nun, jetzt gibt es auch keinen mehr, er hat sich ziemlich in der Landschaft verteilt, und da wir besonders tief liegen, sind wir momentan im Zentrum eines Binnenmeeres. Sehen Sie, der Fluss ist auch über die Ufer getreten.«

»Großer Gott! Hat es Tote gegeben?«

»Haufenweise würde ich sagen. Das zweite Dienstmädchen hat bereits drei Mal Leichen, die am Fenster des Billardsaals vorbeigeschwommen sind, als den jungen Mann identifiziert, mit dem sie verlobt ist.

Entweder ist sie mit einem großen Teil der Bevölkerung hier verlobt, oder sie war sehr nachlässig bei der Identifizierung. Es könnte natürlich auch ein und dieselbe Leiche gewesen sein, die immer wieder aufgetaucht ist«, fuhr sie fort. »Daran habe ich noch gar nicht gedacht. Auf jeden Fall halten wir jetzt alle Fensterläden fest verschlossen, bis das Schlimmste vorbei ist.«

»Aber wir sollten doch rausgehen und uns an den Rettungsarbeiten beteiligen, nicht wahr?«, sagte Latimer mit dem Instinkt eines Parlamentskandidaten, der sich ins lokale Rampenlicht stellen will.

»Das können wir nicht«, sagte Vera entschlossen, »wir haben keine Boote und sind durch einen reißenden Strom von jeder menschlichen Behausung abgeschnitten.«

»Meine Tante hofft sehr, dass Sie in Ihrem Zimmer bleiben und nicht noch mehr Verwirrung stiften, aber sie denkt auch, dass es sehr nett von Ihnen wäre, wenn Sie Hartlepool's Wonder, den Kampfhahn, wissen Sie, über Nacht bei sich aufnehmen würden.«

»Es gibt noch acht andere Hähne, wissen Sie, und die streiten sich wie die Kesselflicker, wenn sie sich treffen, also stellen wir einen in jedes Schlafzimmer. Die Hühnerställe sind alle überschwemmt, wissen Sie.«

»Und dann dachte ich, es würde Ihnen vielleicht nichts ausmachen, auch dieses kleine Schweinchen aufzunehmen; es ist ziemlich lieb, aber es hat ein böses Temperament. Das hat er von seiner Mutter – nicht, dass ich etwas gegen sie sagen will, denn sie liegt tot und ertrunken in ihrem Stumpf, das arme Ding. Was es wirklich braucht, ist die feste Hand eines Mannes, die es im Zaum hält. Ich würde ja selbst versuchen, es zu bändigen, aber ich habe meinen Hund in meinem Zimmer, wissen Sie, und der jagt den Schweinen hinterher, wo immer er sie findet.«

»Könnte man das Schwein nicht ins Badezimmer bringen?«, fragte Latimer schwach und wünschte, er wäre in der Sache mit dem Schlafzimmerschwein genauso entschlossen wie der Hund.

»Ins Badezimmer?« Vera lachte schrill. »Es wird bis morgen früh voller Pfadfinder sein, wenn das heiße Wasser ausreicht.«

»Pfadfinder?«

»Ja, es sind dreißig von ihnen gekommen, um uns zu retten, als das Wasser nur hüfthoch stand; dann stieg es noch etwa einen Meter und wir mussten sie selbst retten. Wir lassen sie nacheinander heiß baden und trocknen ihre Kleider im Heißluftschrank, aber durchnässte Kleider trocknen natürlich nicht in einer Minute, und der Flur und das Treppenhaus sehen langsam aus wie ein Stück Küstenlandschaft bei Tuke.«

»Ah«, sagte sie dann, »zwei der Jungs haben sich ihren Melton-Übermantel ausgeliehen; ich hoffe, es macht Ihnen nichts aus.«

»Das ist ein neuer Mantel«, sagte Latimer und klang dabei furchtbar besorgt.

»Sie werden sich doch gut um Hartlepool's Wonder kümmern, nicht wahr?«, sagte Vera. »Seine Mutter hat in Birmingham dreimal den ersten Platz belegt, und letztes Jahr war er in Gloucester Zweiter in der Hahnenklasse.«

»Er wird sich wahrscheinlich auf dem Geländer am Fußende ihres Bettes niederlassen. Ich frage mich allerdings, ob er sich wohler fühlen würde, wenn ein paar seiner Frauen bei ihm wären? Die Hühner sind alle in der Speisekammer, und ich glaube, ich könnte Hartlepool Helen heraussuchen; sie ist sein Liebling.«

Latimer zeigte jetzt endlich eine späte Entschlossenheit, zumindest was Hartlepool Helen betraf, und Vera zog sich zurück, ohne das Thema weiter zu vertiefen, nachdem sie den Kampfhahn auf seine improvisierte Sitzstange gesetzt und sich liebevoll von dem Schweinchen verabschiedet hatte.

Latimer zog sich aus und legte sich mit der gebotenen Eile ins Bett, da er davon ausging, dass das Schwein seine neugierige Unruhe ablegen würde, sobald das Licht ausging.

Als Ersatz für einen gemütlichen, mit Stroh ausgelegten Stall bot der Raum auf den ersten Blick wenig Attraktivität, aber das untröstliche Tier entdeckte plötzlich eine Sache, die selbst in den luxuriösesten Schweineställen fehlt:

Die harte Kante an der Unterseite des Bettes war in der Höhe genau richtig, dass das Schweinchen sich daran scheuern und ekstatisch hin und her bewegen konnte, wobei es im entscheidenden Moment den Rücken kunstvoll streckte und ein lang gezogenes Freudenschnauben von sich gab.

Der Kampfhahn, der wohl glaubte, in den Zweigen eines Tannenbaums geschaukelt zu werden, ertrug die Bewegung mit größerer Tapferkeit, als Latimer es hätte von ihm fordern können.

Eine Reihe von Klapsen, die auf den Körper des Schweins gerichtet waren, wurden von diesem eher als etwas Angenehmes hingenommen denn als Kritik am Verhalten oder als Aufforderung, etwas zu unterlassen; offensichtlich war etwas mehr als die feste Hand eines Mannes nötig, um den Fall zu lösen.

Latimer kroch aus dem Bett und suchte nach einem Mittel der Züchtigung, doch das Licht im Zimmer reichte aus, um dem Schwein die Möglichkeit zu geben, dieses Manöver zu erkennen, und das böse Temperament, das er von seiner ertrunkenen Mutter geerbt hatte, kam voll zum Tragen.

Latimer sprang flugs zurück ins Bett, und nach einigem bedrohlichen Schnauben und Kieferklappern nahm sein Bezwinger die Massage mit neuem Eifer wieder auf.

Während der langen wachen Stunden, die folgten, versuchte Latimer, sich von seinen eigenen unmittelbaren Sorgen abzulenken, indem er mit anständigem Mitgefühl an den schmerzlichen Verlust des zweiten Dienstmädchens dachte, aber er fragte sich immer öfter, wie viele Pfadfinder seinen Melton-Mantel teilten; die Rolle des Heiligen Martin wieder Willen war keine, die ihm gefiel.

Gegen Morgengrauen fiel das Ferkel in einen glücklichen Schlummer, und Latimer hätte seinem Beispiel folgen können, doch etwa zur gleichen Zeit stieß der schläfrige Hahn einen gellenden Schrei aus, krachte auf den Boden und begann sofort einen heftigen Kampf mit seinem Spiegelbild am Kleiderschrank. Latimer erinnerte sich daran, dass der Vogel mehr oder weniger unter seiner Obhut stand, und wickelte ein Handtuch über den provozierenden Spiegel, aber der darauf folgende Frieden war nur von kurzer Dauer.

Die abgelenkten Energien des Kampfhahns fanden ein neues Ventil in einem plötzlichen und anhaltenden Angriff auf das schlafende und vorübergehend unbeteiligte Schweinchen. Der darauf folgende Zweikampf war verzweifelt und erbittert, jenseits jeder Möglichkeit einer wirksamen Intervention.

Der gefiederte Kämpfer hatte den Vorteil, dass er sich, wenn er in Bedrängnis geriet, auf das Bett flüchten konnte, und er nutzte diesen Umstand ausgiebig; dem Ferkel gelang es nie richtig, auf denselben Vorsprung zu springen, aber das lag nicht an einem Mangel an Versuchen.

So konnte keine der beiden Seiten einen entscheidenden Erfolg verbuchen, und der Kampf war praktisch erst dann zum Erliegen gekommen, als das Dienstmädchen mit dem Morgentee erschien.

»Mein Gott, Sir«, rief sie in unverhohlenem Erstaunen, »wollen Sie diese Tiere in Ihrem Zimmer haben?«

»Wollen!«

Das Schweinchen, als ob es wüsste, dass es nicht mehr willkommen war, stürzte zur Tür hinaus, und der Kampfhahn folgte ihm in würdevollerem Tempo.

»Wenn Miss Veras Hund das Schwein sieht – «, rief das Mädchen und eilte davon, um eine solche Katastrophe zu verhindern.

Ein kalter Verdacht beschlich Latimer; er ging zum Fenster und zog die Jalousien hoch. Es nieselte leicht, aber von einer Überschwemmung war nichts zu sehen.

Etwa eine halbe Stunde später traf er Vera auf dem Weg zum Frühstücksraum.

»Ich möchte Sie nicht für eine vorsätzliche Lügnerin halten«, bemerkte er kühl, »aber manchmal tut man Dinge, die einem anderen nicht gefallen.«

»Jedenfalls habe ich Sie davon abgehalten, die ganze Nacht lang über Politik nachzudenken«, sagte Vera.

Das war natürlich vollkommen richtig.

DER HÄRTESTE SCHLAG

Die Streiksaison schien zum Stillstand gekommen zu sein. Fast alle Branchen und Berufe, in denen eine solche Störung möglich war, hatten sich diesen Luxus bereits gegönnt. Die letzte aber am wenigsten von Erfolg gekrönte Erschütterung wurde durch den Streik der World's Union of Zoological Garden Attendants, [weltweite Vereinigung der Zoowärter] ausgelöst, die sich, bis zur Erfüllung bestimmter Forderungen weigerten, sich weiter um die Bedürfnisse der ihnen anvertrauten Tiere zu kümmern oder andere Tierpfleger an ihre Stelle treten zu lassen.

Was diesen speziellen Fall betrifft, hatte die Drohung der Verantwortlichen des Zoologischen Gartens, man würde auch alle Tiere gehenlassen, wenn sich die Männer weiter 'gehen ließen', zunächst eine noch größere Krise heraufbeschworen und die Dinge verschärft.

Die unmittelbare Aussicht, dass die größten Fleischfresser, ganz zu schweigen von Nashörnern und Bisonbullen, frei und ungefüttert im Herzen Londons herumlaufen würden, ließ keine längeren

Verhandlungen zu. Die an diesem Tag verantwortliche Regierung, die wegen ihrer Neigung, dem Lauf der Dinge ein paar Stunden hinterherzuhinken, den Spitznamen 'Nachmittagsregierung' erhalten hatte, war gezwungen, schnell und entschlossen zu handeln.

Eine starke Truppe blauer Uniformierter wurde in den Regent's Park geschickt, um die vorübergehend aufgegebenen Aufgaben der Streikenden zu übernehmen.

Die Blaujacken wurden den Landstreitkräften vorgezogen, teils wegen der traditionellen Bereitschaft der britischen Marine, überall hinzugehen und alles zu tun, teils aber auch wegen der Vertrautheit des Durchschnittsmatrosen mit Affen, Papageien und anderer tropischer Fauna, vor allem aber auf dringendes Ersuchen des Ersten Lords der Admiralität, der sich sehnlichst eine Gelegenheit wünschte, endlich einen persönlichen, von Bescheidenheit geprägten Akt des Dienstes an der Allgemeinheit im Bereich seines Ressorts zu leisten.

»Wenn er auch noch darauf besteht, das Jaguarkind selbst zu füttern, und sich damit über den Willen der Mutter hinwegsetzt, könnte es im Norden eine weitere Nachwahl zu seinen Gunsten geben«, sagte einer seiner Kollegen mit einem hoffnungsvollen Unterton in der Stimme. »Nachwahlen sind aber derzeit nicht besonders wünschenswert; wir dürfen nicht zu egoistisch sein.«

Tatsächlich brach der Streik bald friedlich und ohne Eingreifen von außen zusammen. Den meisten Tierpflegern waren ihre Schützlinge so ans Herz gewachsen, dass sie von sich aus die Arbeit wieder aufnahmen.

Endlich konnten sich die Nation und die Zeitungen mit einem Gefühl der Erleichterung erfreulicheren Dingen zuwenden.

Eine neue Ära der Zufriedenheit schien angebrochen. Alle hatten gestreikt, die streiken wollten, oder die dazu überredet oder gedrängt worden waren.

Die heiteren und hellen Seiten des Lebens konnten nun etwas mehr Aufmerksamkeit beanspruchen, und unter all den Themen, die plötzlich in den Vordergrund traten, war insbesondere der anhängige Scheidungsprozess der Falvertoons hervorzuheben.

Der Herzog von Falvertoon war eines jener menschlichen 'Hors d'œuvres', die den Appetit der Öffentlichkeit auf Sensationen anregen, ohne ihr viel zu bieten.

Schon als Kind war er brillant. In einem Alter, in dem die meisten Jungen sich damit begnügten, das Essen in der Schulkantine abzulehnen, lehnte er es ab, Redakteur der Zeitung 'Anglian Review' zu werden. Obwohl er nicht für sich in Anspruch nehmen konnte, die futuristische Bewegung in der Literatur begründet zu haben, hatten seine 'Briefe an einen möglichen Enkel', die er im Alter von vierzehn Jahren geschrieben hatte, große Beachtung gefunden.

In späteren Jahren zeigte er sein Genie weniger deutlich.

Während einer Debatte im Oberhaus über die Angelegenheiten Marokkos, als dieses Land zum fünften Mal innerhalb von sieben Jahren halb Europa an den Rand eines Krieges brachte, warf er die Bemerkung ein:

'Ein kleiner Mohr und wie wichtig er sich macht', aber trotz der ermutigenden Aufnahme, die diese politische Bekundung fand, ließ er sich nie zu weiteren Äußerungen in dieser Richtung hinreißen.

Man begann zu verstehen, dass er nicht die Absicht hatte, seine zahlreichen Residenzen in Stadt und Land durch ein übertriebenes Leben im Rampenlicht zu ergänzen.

Und dann kam die unerwartete Nachricht von der bevorstehenden Scheidungsklage. Und was für eine Scheidung!

Es gab Gegenklagen, Beschuldigungen und Gegenbeschuldigungen, Beschuldigungen wegen Grausamkeit und Verlassens, eigentlich alles, was nötig war, um diesen Fall zu einem der kompliziertesten und aufsehenerregendsten seiner Art zu machen.

Die Zahl der beteiligten oder als Zeugen geladenen Persönlichkeiten umfasste nicht nur die beiden politischen Parteien des Königreichs und mehrere Kolonialgouverneure, sondern auch ein exotisches Kontingent aus Frankreich, Ungarn, den Vereinigten Staaten von Nordamerika und dem Großherzogtum Baden, und die kostspielige Unterbringung in Hotels strapazierten die Ressourcen.

'Das wird wie eine Vizekönigsaudienz ohne Elefanten', sagte eine begeisterte Dame, die, um ihr gerecht zu werden, noch nie eine solche Audienz miterlebt hatte.

Die allgemeine Stimmung war von Dankbarkeit geprägt, dass auch die allerletzten Streiks noch vor dem Verhandlungstermin des großen Prozesses beendet werden konnten.

Als Reaktion auf die trübe zurückliegende Zeit des industriellen Kampfes hatten sich die Agenturen, die Sensationen vermitteln und inszenieren, darauf vorbereitet, bei diesem wichtigen Ereignis ihr Bestes zu geben.

Männer, die sich als besondere kreative Schreiber einen Namen gemacht hatten, wurden aus fernen Winkeln Europas und von der anderen Seite des Atlantiks mobilisiert, um mit ihrer Federn die täglich gedruckten Berichte über den Fall zu bereichern.

Ein 'Wortmaler', der sich auf Beschreibungen spezialisiert hatte, wie Zeugen im Kreuzverhör blass werden, wurde eilig von einem berühmten und langwierigen Mordprozess in Sizilien zurückgerufen, wo seine Talente ohnehin entschieden verschwendet waren.

Strichzeichner und erfahrene Fotografen wurden zu extravaganten Gehältern engagiert, und Modejournalisten waren sehr gefragt. Eine geschäftstüchtige Pariser Kostümfirma schenkte der Herzogin und Antragsgegnerin drei besondere Kreationen, die getragen, bemerkt und erkannt werden sollten und über die man dann in den verschiedenen kritischen Momenten des Prozesses berichten würde.

Und was die Filmemacher anging, so waren ihr Fleiß und ihre Hartnäckigkeit unermüdlich.

Filme, die zeigten, wie sich der Herzog am Vorabend des Prozesses von seinem Lieblingskanarienvogel verabschiedete, wurden schon Wochen vor dem Ereignis fertiggestellt.

Andere zeigten die Herzogin bei imaginären Beratungen mit fiktiven Anwälten oder beim Verzehr von speziell beworbenen vegetarischen Sandwiches während einer angeblichen Mittagspause. Soweit menschlicher Weitblick und Unternehmer reichten, fehlte nichts, um den Prozess zu einem Erfolg zu machen.

Zwei Tage vor der Verhandlung des Falles erhielt der Reporter eines wichtigen Zeitungssyndikats ein Interview mit dem Herzog, um einige letzte Informationen über die persönlichen Vorkehrungen seiner Gnaden während des Prozesses zu erhalten.

»Ich darf wohl sagen, dass dies eine der größten Affären dieser Art im Leben einer Generation sein wird«, begann der Reporter als Vorab-Entschuldigung für die schonungslose Detailgenauigkeit, die er an den Tag legen wollte.

»Ich nehme an, ja – wenn es klappt«, sagte der Herzog ruhig.

»Wenn was klappt?«, fragte der Reporter mit einer Stimme, die zwischen Keuchen und Schreien.

»Die Herzogin und ich denken beide daran, in den Streik zu treten«, sagte der Herzog.

'Streiken'! Das unheilvolle Wort blitzte in seiner schrecklichen Vertrautheit auf. Würde das denn niemals enden?

»Meinen Sie«, zögerte der Reporter, »dass Sie eine gegenseitige Rücknahme der Anschuldigungen in Erwägung ziehen?«

»Ganz genau«, sagte der Herzog.

»Aber denken Sie doch an all die Vorkehrungen, die getroffen wurden, an die besondere Berichterstattung, an die Filmemacher, an die Bewirtung der angesehenen ausländischen Zeugen, an die vorbereiteten Varieté-Anspielungen; denken Sie an all das Geld, das bereits versenkt wurde – «

»Genau«, sagte der Herzog kühl, »die Herzogin und ich haben erkannt, dass wir es sind, die das Material liefern, mit dem diese große, weitreichende Industrie aufgebaut wird.«

»Es werden viele Arbeitsplätze geschaffen und enorme Gewinne erzielt, und wir, auf die der ganze Stress und Lärm fällt, werden – was?«

»Wir werden zu wenig beneidenswerten Berühmtheiten und haben das Privileg, hohe Gerichtskosten zu zahlen, egal wie das Urteil ausfällt.«

»Deshalb haben wir beschlossen zu streiken.«

»Wir wollen keine Versöhnung; wir sind uns völlig im Klaren darüber, dass dies ein schwerer Schritt ist, aber wenn wir nicht eine vernünftige Gegenleistung für diesen gewaltigen Strom von Reichtum und Industrie erhalten, den wir geschaffen haben, werden wir das Gericht verlassen und draußen bleiben.«

»Ich wünsche einen Guten Tag«, sagte der Herzog beim Abschied.

Die Nachricht von diesem jüngsten Streik löste allgemeine Bestürzung aus. Die Tatsache, dass sich dieser Streik den üblichen Überzeugungsmethoden entzog, machte ihn zu einer besonders gefährlichen Angelegenheit.

Wenn der Herzog und die Herzogin auf ihrer Versöhnung beharrten, konnte die Regierung kaum dazu aufgefordert werden, einzugreifen.

Man könnte die öffentliche Meinung in Form von gesellschaftlicher Ächtung auf sie einwirken lassen, aber das war es dann auch schon mit den Zwangsmaßnahmen.

Einige der ausländischen Zeugen waren bereits abgereist, andere hatten ihre Hotelreservierungen telegrafisch storniert.

Es blieb nur eine Konferenz mit der Befugnis, liberale Bedingungen vorzuschlagen.

Die langwierige, unangenehme und gelegentlich erbitterte Konferenz führte schließlich zu einer Wiederaufnahme des Prozesses, aber es war ein fruchtloser Sieg.

Der Herzog verstarb vierzehn Tage vor dem für den neuen Prozess anberaumten Termin, und zeigte durch sein verfrühtes Ableben einen Hauch seiner einstigen Frühreife.

DIE FANTASTEN

Es war Herbst in London, jene gesegnete Jahreszeit zwischen den Unbilden des Sommers und dem harten Winter – eine vertraute Zeit, in der man Blumenzwiebeln kauft und sich um die Registrierung seiner Wählerstimmen kümmert, im ständigen Glauben an den Frühling und einen Regierungswechsel.

Morton Crosby saß auf einer Bank in einer abgelegenen Ecke des Hyde Parks, rauchte träge eine Zigarette und beobachtete das langsame Vorbeiziehen eines Schneegänsepaares, wobei das Männchen eher wie eine Albino-Ausgabe des rostroten Weibchens aussah.

Mit einigem Interesse bemerkte er aus den Augenwinkeln auch das zögerliche Herannahen einer menschlichen Gestalt, die in immer kürzeren werdenden Abständen zwei- oder dreimal an seinem Sitzplatz vorbeischwebte, wie eine wachsame Krähe, die sich in der Nähe eines möglicherweise essbaren Bissens herunterstürzen wollte. Schließlich ließ sich die Gestalt auf der Bank nieder, in unmittelbarer Nähe des bereits dort Sitzenden.

Die ungepflegte Kleidung, der Rauschebart und der verstohlene, ausweichende Blick des Neuankömmlings verrieten, dass es sich um einen professionellen Schmarotzer handelte, einen Mann, der sich lieber stundenlang demütigenden Ausführungen und Zurückweisungen aussetzte, als sich auf das Abenteuer eines halben Tages anständiger Arbeit einzulassen.

Eine Weile starrte der Neuankömmling mit leerem Blick vor sich hin, dann erhob er seine Stimme mit dem hartnäckigen Tonfall eines Mannes, der eine Geschichte zu verkaufen hat, mit dem man Herumtreiber bestens unterhalten kann:

»Es ist eine seltsame Welt«, sagte er.

Als er darauf keine Antwort erhielt, änderte er seine Aussage in eine Frage um:

»Ich wage zu behaupten, dass Sie die Welt für seltsam halten, Mister?«

»Was mich betrifft«, sagte Crosby, »so hat die Seltsamkeit im Laufe von sechsunddreißig Jahren nachgelassen.«

»Ah«, sagte der Graubärtige, »ich könnte Ihnen Dinge erzählen, die Sie kaum glauben würden. Großartige Dinge, die mir wirklich widerfahren sind.«

»Heutzutage interessiert sich keiner mehr für großartige Dinge, die wirklich passiert sind«, sagte Crosby, entmutigend für den Danebensitzenden. »Die professionellen Schriftsteller fiktiver Geschichten können so etwas viel besser darstellen.«

»Meine Nachbarn«, fuhr er fort, »erzählen mir von großartigen, unglaublichen Dingen, die ihre Hunde, die Aberdeens, Chow-Chows und Barsois getan haben, und ich höre ihnen nie zu. Andererseits habe ich das Buch 'Der Hund von Baskerville' dreimal gelesen.«

Der Graubärtige bewegte sich unruhig auf seinem Platz hin und her, dann begab er sich auf ein neues Terrain.

»Ich nehme an, Sie sind ein bekennender Christ«, bemerkte er.

»Ich bin ein prominentes und ich glaube, ich darf sagen, ein einflussreiches Mitglied der muslimischen Gemeinschaft Ostpersiens«, sagte Crosby und machte nun selbst einen Ausflug in das Reich fantastischer Geschichten.

Der Graubärtige war sichtlich verunsichert über diese neue Prüfung bei seiner Einleitung zu einer Unterhaltung, aber die Niederlage war nur von kurzer Dauer.

»Persien. Ich hätte Sie nie für einen Perser gehalten«, bemerkte er mit einer etwas gekränkten Miene.

»Bin ich nicht«, sagte Crosby, »mein Vater war Afghane.«

»Ein Afghane!«, sagte der andere und schwieg einen Moment lang fassungslos. Dann erholte er sich und griff erneut an:

»Afghanistan. Ah! Wir haben einige Kriege mit diesem Land geführt; nun, ich wage zu behaupten, anstatt es zu bekämpfen, hätten wir etwas von ihm lernen können. Ein sehr wohlhabendes Land, denke ich. Keine wirkliche Armut dort«.

Bei dem Wort 'Armut' erhob er seine Stimme mit einer Andeutung von intensiven Gefühlen. Crosby sah, wohin das Gespräch führen würde, und vermied, darauf einzugehen.

»Hätte ich nicht schon so abfällig über die großartigen Dinge gesprochen, die wirklich geschehen sind«, sagte Crosby, »würde ich Ihnen die Geschichte von Ibrahim und den elf Kamelladungen Löschpapier erzählen. Leider habe ich auch vergessen, wie sie ausgeht.«

»Meine eigene Lebensgeschichte ist ziemlich seltsam«, sagte der Fremde und schien dabei den Wunsch zu unterdrücken, die Geschichte von Ibrahim und der seltsamen Ladung auf den Kamelen zu hören. »Ich war nicht immer so, wie Sie mich jetzt hier sehen.«

»Man nimmt an, dass wir alle sieben Jahre eine vollständige Veränderung durchmachen«, sagte Crosby als Antwort auf die vorangegangene Ankündigung.

»Ich meine, ich habe mich nicht immer in solch unerfreulichen Umständen befunden, wie jetzt«, fuhr der Fremde hartnäckig fort.

»Das klingt ziemlich unhöflich mit gegenüber«, sagte Crosby steif, »wenn man bedenkt, dass Sie gerade mit einem Mann sprechen, der als einer der begabtesten, aus den afghanischen Grenzen kommenden Gesprächspartnern gilt.«

»So habe ich das nicht gemeint«, sagte der Graubärtige hastig, »ich habe Ihr Gespräch mit großem Interesse verfolgt. Mit meiner Bemerkung habe ich mich lediglich auf meine unglückliche finanzielle Situation bezogen. Sie werden es kaum glauben«, fügte er hinzu, »aber im Augenblick besitze ich noch nicht einmal einen Viertel-Penny. Ich sehe auch keine Aussicht, in den nächsten Tagen Geld zu bekommen. Ich nehme an, dass Sie sich noch nie in einer solchen Lage befunden haben.«

»In der Stadt Yom«, sagte Crosby, »die im Süden Afghanistans liegt und zufällig auch mein Geburtsort ist, gab es einen chinesischen Philosophen, der sagte, dass eine der drei größten menschlichen Segnungen darin besteht, absolut kein Geld zu haben. Ich habe vergessen, was die anderen beiden sind.«

»Ah, ich kann mir das kaum vorstellen«, sagte der Fremde in einem Ton, der keine Begeisterung für die Äußerung des Philosophen verriet, »und hat er das, was er predigte, auch praktiziert? Das wäre der echte Test.«

»Er lebte glücklich mit sehr wenig Geld und Mitteln«, sagte Crosby.

»Ich nehme an, er hatte Freunde, die ihm großzügig geholfen haben, wenn er in Schwierigkeiten war, wie ich sie jetzt habe.«

»In Yom«, sagte Crosby, »ist es nicht notwendig, Freunde zu haben, um Hilfe zu bekommen. Jeder Bürger von Yom würde einem Fremden ganz selbstverständlich helfen.«

Der Graubärtige war nun aufrichtig interessiert; endlich hatte das Gespräch eine positive Wendung genommen:

»Wenn zum Beispiel jemand wie ich, der unverschuldet in Not geraten ist, einen Bürger dieser Stadt, von der Sie sprechen, um ein kleines Darlehen bittet, um ein paar Tage der Not zu überbrücken – fünf Schilling oder vielleicht eine etwas größere Summe – würde man ihm das ohne Weiteres geben?«

»Es gäbe gewisse Vorbedingungen«, antwortete Crosby. »Man würde ihn erst in eine Weinhandlung führen, ihm einen Schluck Wein anbieten und ihm dann, nach einem kleinen erhabenen Gespräch, die gewünschte Summe in die Hand drücken und ihm einen guten Tag wünschen. Das ist ein ziemlicher Umweg für ein einfaches Geschäft«, sagte er noch, »aber im Osten sind alle Wege umständlich.«

Die Augen des Zuhörers begannen zu glänzen:

»Ah«, rief er mit einem spöttischen Unterton in den Worten, »ich nehme an, Sie haben all diese großzügigen Bräuche aufgegeben, seit Sie Ihre Heimatstadt verlassen haben. Ich nehme an, Sie praktizieren sie nicht mehr.«

»Niemand, der in Yom gelebt hat«, sagte Crosby inbrünstig, »und sich an die grünen Hügel erinnert, die mit Aprikosen- und Mandelbäumen bedeckt sind, und an das kalte Wasser, das wie eine Liebkosung vom Schnee des Hochlandes herabfließt und unter den kleinen hölzernen Brücken hindurch rauscht, niemand, der sich an diese Dinge erinnert und die Erinnerung daran schätzt, würde jemals auch nur ein einziges der ungeschriebenen Gesetze oder einen der Bräuche aufgeben. Für mich sind sie so bindend, als würde ich noch immer in der heiligen Heimat meiner Jugend leben.«

»Wenn ich Sie nun um ein kleines Darlehen bitten würde«, begann der Graubärtige zaghaft, rückte näher an den Sitz heran und überlegte hastig, wie hoch er seine Bitte wohl ansetzen könnte. »Wenn ich Sie um etwas bitten würde, sagen wir – «

»Zu jeder anderen Zeit natürlich«, sagte Crosby, »aber in den Monaten November und Dezember ist es jedem Mitglied unserer Sippe streng verboten, Darlehen oder Geschenke zu geben oder zu erhalten. Man spricht auch nicht gern darüber. Es gilt als Unglück. Also müssen wir diese Diskussion beenden.«

»Aber es ist doch noch Oktober!«, rief der Vagabund eifrig mit einem wütenden Jammern aus, als Crosby sich von seinem Sitz erhob. »Es sind noch acht Tage bis zum Ende des Monats!«

»Der afghanische November hat schon gestern begonnen«, sagte Crosby streng, und in einem weiteren Augenblick schritt er durch den Park davon, während sein neuer Gefährte finster dreinblickte und wütend murmelnd auf dem Sitz zurückblieb.

»Ich glaube kein Wort von seiner Geschichte«, grummelte er vor sich hin, »ein Haufen böser Lügen von Anfang bis Ende. Ich wünschte, ich hätte ihm das ins Gesicht gesagt. Er bezeichnet sich auch noch als einen Afghanen!«

Das Schnaufen und Knurren, das ihm in der nächsten Viertelstunde entwich, bestätigte das alte Sprichwort, dass zwei von einer Sorte nie einer Meinung sind.

DAS SIEBTE HUHN

»Es ist nicht der tägliche Trott, über den ich mich beschwere«, sagte Blenkinthrope verärgert, »es ist die graue Eintönigkeit meines Lebens außerhalb der Bürozeiten.«

»Nichts Interessantes kommt auf mich zu, nichts Bemerkenswertes oder Außergewöhnliches«, fuhr er fort. »Selbst die kleinen Dinge, für die ich mich zu interessieren versuche, scheinen anderen Menschen nichts zu bedeuten. Die Dinge in meinem Garten, zum Beispiel.«

»Du meinst die Kartoffel, die etwas mehr als zwei Pfund wog?«, sagte sein Freund Gorworth.

»Habe ich dir davon erzählt?«, fragte Blenkinthrope, »Ich habe es den anderen heute Morgen im Zug erzählt. Ich habe vergessen, ob ich es dir auch gesagt habe.«

»Um genau zu sein, hast du mir gesagt, dass sie nur fast zwei Pfund wog, aber ich habe berücksichtigt, dass ungewöhnliches Gemüse und Süßwasserfische weiter wachsen.«

»Du bist genau wie die anderen«, sagte Blenkinthrope traurig, »du machst dich nur über mich lustig.«

»Das Problem liegt bei der Kartoffel, nicht bei uns im allgemeinen«, sagte Gorworth. »Wir interessieren uns nicht im Geringsten für sie, weil sie nicht im Geringsten interessant ist. Die Männer, mit denen du jeden Tag in den Zug steigst, sind in der gleichen Situation wie du selbst; ihr Leben ist alltäglich und für sie selbst nicht sehr interessant, und sie werden sich sicherlich nicht für die alltäglichen Ereignisse im Leben anderer Leute begeistern.«

»Erzähle ihnen etwas Erstaunliches, Dramatisches, Pikantes, das dir selbst oder jemandem in deiner Familie passiert ist, und du wirst sofort ihr Interesse wecken. Sie werden allen ihren Bekannten mit einem gewissen persönlichen Stolz von dir erzählen. Etwa so: 'Ein Mann, den ich gut kenne, ein Kerl namens Blenkinthrope, der in meiner Gegend wohnt, wurden zwei Finger von einem Hummer abgehackt, den er zum Abendessen nach Hause trug. Der Arzt sagt, dass vielleicht die ganze Hand amputiert werden muss'.«

»Das wäre ein Gespräch auf sehr hohem Niveau. Aber stell dir einmal vor, sie kämen in ihren Tennisklub und sagen: 'Ich kenne einen Mann, der hat eine Kartoffel gezüchtet, die zwei und ein Viertel Pfund wiegt'.«

»Aber nun mal halblang, mein Guter«, sagte Blenkinthrope ungeduldig, »habe ich dir nicht gerade gesagt, dass mir nie etwas Bemerkenswertes passiert?«

»Dann erfinde einfach etwas«, sagte Gorworth. Seit er an einer Vorbereitungsschule einen Preis für hervorragende Bibelkenntnisse gewonnen hatte, fühlte er sich berechtigt, ein wenig skrupelloser zu sein als die Leute in dem Gesprächskreis, in den er sich begeben hatte. Jemandem, der schon in jungen Jahren eine Liste von siebzehn Bäumen aufzählen konnte, die im Alten Testament erwähnt werden, kann man sicher vieles nachsehen.

»Was soll ich denn erfinden?«, fragte Blenkinthrope etwas schnippisch.

»Nun, vielleicht ist gestern Morgen eine Schlange in deinen Hühnerstall eingedrungen und hat sechs von den sieben Junghühnern getötet«, sagte Gorworth. »Sie hat sie zuerst mit ihren Augen hypnotisiert und dann zugebissen, als sie hilflos dastanden. Das siebte Tier war von einer französischen Rasse, mit Federn über den Augen, sodass es dem hypnotischen Blick der Schlange entkam. Es stürzte sich einfach auf das, was es von ihr sehen konnte, und hat sie in Stücke zerhackt.«

»Danke«, sagte Blenkinthrope steif, »das ist ein sehr kluger Einfall. Wenn so etwas wirklich in meinem Hühnerstall passiert wäre, dann wäre ich zugegebenermaßen stolz und daran interessiert gewesen, den Leuten davon zu erzählen. Ich bleibe aber lieber bei den Tatsachen, auch wenn es nur alltägliche Tatsachen sind.«

Trotzdem dachte er mit Wehmut an die Geschichte vom siebten Huhn. Er stellte sich vor, wie er sie im Zug unter dem gebannten Interesse seiner Mitreisenden erzählen würde. Unbewusst fielen ihm alle möglichen kleinen Details und Verbesserungen dazu ein, und Wehmut beherrschte noch immer seine Stimmung, als er am nächsten Morgen im Eisenbahnwaggon Platz nahm. Ihm gegenüber saß Stevenham, der es zu einiger Bedeutung gebracht hatte, weil ein Onkel bei einer Parlamentswahl tot umgefallen war. Das war drei Jahre her, aber Stevenham wurde immer wieder mit allen Fragen zur Innen- und Außenpolitik konfrontiert.

»Hallo, wie geht es dem Riesenpilz oder war das noch gewesen?«, war alles, was Blenkinthrope von seinen Mitreisenden zu hören bekam.

Der junge Duckby, den er nicht sonderlich mochte, gewann mit seinem Bericht über einen häuslichen Verlust schnell die allgemeine Aufmerksamkeit: »Letzte Nacht wurden vier junge Tauben von einer riesigen Ratte erbeutet. Es muss sich um ein wahres Ungeheuer gehandelt haben, wie man an der Größe des Loches sehen konnte, das sie beim Eindringen in den Taubenschlag hinterlassen hat.« Tatsache ist aber, dass es in diesen Gegenden keine mittelgroßen Ratten gab, die Raubzüge unternahmen; sie waren alle riesengroß.

»Eine ziemlich harte Sache«, fuhr Duckby fort, als er sah, dass er sich die Aufmerksamkeit und den Respekt der Gesellschaft gesichert hatte, »vier Jungtauben auf einen Schlag. Das ist an unvorhergesehenem Pech kaum zu überbieten.«

»Bei mir zu Hause wurden gestern Nachmittag sechs Hühner aus einem Stall mit sieben Tieren von einer Schlange getötet«, sagte Blenkinthrope mit einer Stimme, die er kaum als seine eigene wiedererkannte.

»Von einer Schlange?«, kam es in einem aufgeregten Refrain.

»Sie hat sie mit ihren tödlich funkelnden Augen verzaubert, eines nach dem anderen, und sie schlug zu, während sie hilflos dastanden. Eine bettlägerige Nachbarin, die nicht in der Lage war, um Hilfe zu rufen, hat das Ganze von ihrem Schlafzimmerfenster aus beobachtet.«

»Das habe ich noch nie gehört!«, lautete der Refrain – oder so ähnlich.

»Das Interessante daran ist das siebte Huhn, das nicht getötet wurde«, fuhr Blenkinthrope fort und zündete sich langsam eine Zigarette an. Seine Schüchternheit war verschwunden, und er begann zu begreifen, wie sicher und einfach Verdorbenheit erscheinen kann, sobald man den Mut hat, damit anzufangen.

»Die sechs toten Vögel waren Minorcas, das siebte war ein Houdan mit einem Federschopf über den Augen. Es konnte die Schlange kaum sehen, also war es natürlich nicht wie die anderen hypnotisiert. Er sah nur etwas auf dem Boden zappeln, stürzte sich drauf und hackte sie zu Tode.«

»Na, da bin ich aber froh!«, rief der Chor.

Im Laufe der nächsten Tage machte Blenkinthrope die Erfahrung, wie wenig einen der Verlust der eigenen Selbstachtung ausmacht, wenn man einmal die Wertschätzung der Welt gewonnen hat. Seine Geschichte fand ihren Weg in eine der Geflügelzeitungen und wurde von dort als Thema von allgemeinem Interesse in eine Tageszeitung übernommen. Eine Dame schrieb aus Nordschottland und berichtete von einem ähnlichen Vorfall, den sie zwischen einem Hermelin und einem blinden Moorhuhn miterlebt hatte. Irgendwie scheint eine Lüge viel weniger verwerflich zu sein, wenn man sie als Zufluchtsort bezeichnen kann.

Eine Zeit lang genoss derjenige, der die Geschichte vom siebten Huhn aufgegriffen hatte, seine neue Stellung als Person von Bedeutung und als jemand, der eine gewisse Rolle in den seltsamen Ereignissen seiner Zeit gespielt hatte, doch dann wurde er wieder in den kalten, grauen Hintergrund gedrängt, denn Smith-Paddon, ein alltäglicher Mitreisender, dessen kleines Mädchen von dem Auto einer Musical-

Darstellerin angefahren und beinahe verletzt worden war, wurde plötzlich zu einer wichtigen Figur. Die Schauspielerin saß zu diesem Zeitpunkt nicht selbst im Auto, aber Zoto Dobreen war auf zahlreichen Fotos in den illustrierten Zeitungen zu sehen, wo sie sich nach dem Wohlergehen von Maisie, der Tochter von Edmund Smith-Paddon, Esq. erkundigte.

Angesichts dieses neuen allgemeinen Interesses wurden die Reisenden fast unhöflich, als Blenkinthrope versuchte, seine Erfindung zu erklären, mit der er Vipern und Wanderfalken aus seinem Hühnerstall fernhalten wollte.

Gorworth, dem er sich unter vier Augen anvertraute, gab ihm denselben Rat wie zuvor:

»Erfinde etwas.«

»Ja, aber was?«

Die bereitwillige Bejahung in Verbindung mit einer Frage verriet eine deutliche Verschiebung seines ethischen Standpunkts, und einige Tage später, bei der üblichen Zusammenkunft im Eisenbahnwagen, enthüllte Blenkinthrope ein neues Kapitel der Familiengeschichte.

»Meiner Tante, die in Paris lebt, ist etwas Seltsames passiert«, begann er. Er hatte mehrere Tanten, aber sie waren alle im Großraum London verteilt.

»Neulich, an einem Nachmittag, saß sie nach dem Mittagessen in der rumänischen Gesandtschaft auf einer Bank im Wald.«

So pittoresk die Geschichte auch sein mochte, weil sie die diplomatische 'Aura' einbezog, konnte sie doch von diesem Moment an nicht mehr als bloßer Bericht über aktuelle Ereignisse gelten. Gorworth hatte seinen in neue Gefilde eingedrungenen Freund gewarnt, dass dies der Fall sein würde, aber der traditionelle Enthusiasmus, den man dabei annimmt, hatte über die Diskretion gesiegt.

»Sie fühlte sich etwas schläfrig, was wahrscheinlich auf den Champagner zurückzuführen war, den sie normalerweise nicht mitten am Tag zu sich nimmt.«

Ein gedämpftes Gemurmel der Bewunderung ging durch die Gesellschaft. Sie meinten gehört zu haben, dass Blenkinthrope's Tanten nicht daran gewöhnt waren, Champagner mitten im Jahr zu trinken, und dies wohl ausschließlich als eine Beigabe für Weihnachten und Neujahr betrachteten.

»Plötzlich ging ein ziemlich beleibter Herr an ihrem Platz vorbei und hielt einen Augenblick inne, um sich eine Zigarre anzuzünden«, fuhr er fort, »als just in diesem Augenblick ein junger Mann hinter ihn trat, die Klinge eines Schwertes aus der Scheide zog und ein halbes Dutzend Mal auf ihn einstach.«

»'Halunke', hatte er seinem Opfer zugerufen, 'du kennst mich nicht. Mein Name ist Henri Leturc.' Der ältere Mann wischte sich das Blut von der Kleidung, drehte sich zu seinem Angreifer um und sagte: 'Und seit wann unternimmt man einen Mordversuch als persönliche Vorstellung?' Dann zündete er seine Zigarre an und ging davon.«

»Meine Tante wollte eigentlich nach der Polizei schreien, aber angesichts der Gleichgültigkeit, mit der das Opfer die Angelegenheit behandelte, hielt sie es für eine Unverschämtheit, sich einzumischen.«

»Ich brauche wohl kaum zu sagen, dass sie die ganze Sache auf die Auswirkungen eines warmen, ermüdenden Nachmittags und des Champagners in der Botschaft zurückführte.«

»Aber jetzt kommt der erstaunliche Teil meiner Geschichte: Vierzehn Tage später wurde ein Bankdirektor in genau diesem Bereich des Waldes mit einem Schwert erstochen. Der Mörder war der Sohn einer Putzfrau, die früher in der Bank gearbeitet hatte und die vom Direktor wegen chronischen Fehlverhaltens entlassen worden war. Der Name des Täters war Henri Leturc.«

Von da an wurde Blenkinthrope stillschweigend als der Münchhausen der Gesellschaft betrachtet. Es wurden keine Mühen gescheut, ihn täglich auf die Probe zu stellen, und Blenkinthrope, in der falschen Annahme eines überzeugten und aufgeschlossenen Publikums, wurde fleißig und erfinderisch, um die Nachfrage nach Wundern zu befriedigen.

Duckbys satirische Geschichte von einem zahmen Otter, der in seinem Garten einen Teich zum Schwimmen hatte und unruhig winselte, wenn es Zeit war, das Wasser zu erneuern, konnte man nicht einmal als unfaire Parodie auf einige von Blenkinthropes wilden Bemühungen bezeichnen.

Und dann kam eines Tages Nemesis – die Göttin der ausgleichenden Gerechtigkeit.

Als Blenkinthrope eines Abends in seine Villa zurückkehrte, fand er seine Frau vor einem Kartenspiel sitzen, das sie ungewöhnlich konzentriert betrachtete.

»Das gleiche alte Geduldsspiel?«, fragte er beiläufig.

»Nein, mein Lieber, das ist die Totenkopf-Patience, die schwierigste von allen. Ich habe es noch nie geschafft, und irgendwie hätte ich Angst, wenn es so wäre. Mutter hat es einmal in ihrem Leben hinbekommen, und sie hatte auch Angst davor. Ihre Großtante hatte es einmal zu Ende gebracht und war im nächsten Moment vor Aufregung tot umgefallen. Mutter hatte immer das Gefühl, dass sie sterben würde, wenn sie es jemals schaffen würde, und sie starb in derselben Nacht, als es ihr gelungen war. Es ging ihr damals zwar schlecht, aber es war dennoch ein seltsamer Zufall.«

»Tu es nicht, wenn es dir Angst macht«, war Blenkinthropes vernünftiger Kommentar, als er das Zimmer verließ. Ein paar Minuten später rief seine Frau nach ihm.

»John, das hat mich so beeindruckt, dass ich es fast geschafft hätte. Nur die Karo-Fünf hat mich am Ende aufgehalten. Ich dachte wirklich, ich hätte es geschafft.«

»Du kannst es doch immer noch schaffen«, sagte Blenkinthrope, der wieder ins Zimmer gekommen war, »wenn du die Kreuz-Acht auf die offene Neun legst, kann die Fünf auf die Sechs gelegt werden.«

Seine Frau machte es wie vorgeschlagen mit eiligen, zitternden Fingern und stapelte die ausstehenden Karten auf ihre jeweiligen Stapel.

Dann folgte sie dem Schicksal ihrer Mutter und ihrer Urgroßtante ...

Blenkinthrope hatte seine Frau aufrichtig geliebt, aber inmitten seiner Trauer drängte sich ein beherrschender Gedanke auf. Endlich war etwas Sensationelles und Reales in sein Leben getreten; es war nicht länger eine graue, farblose Bilanz. In seinem Kopf formten sich immer wieder die Schlagzeilen, die seine häusliche Tragödie treffend beschreiben könnten: 'Ererbte Vorahnung wird wahr', 'die Geduld des Totenkopfes', 'ein Kartenspiel, das in drei Generationen seinen düsteren Namen rechtfertigte'.

Für die 'Essex Vedette', deren Herausgeber ein Freund von ihm war, schrieb er eine ausführliche Geschichte über den verhängnisvollen Vorfall, und einem anderen Freund gab er einen zusammengefassten Bericht, den er in das Büro einer der regelmäßigen Tageszeitungen brachte, aber in beiden Fällen stand sein erworbener Ruf als Dummschwätzer der Verwirklichung seiner Ambitionen fatal im Wege.

'Es ist kein angemessenes Verhalten, in einer Zeit der Trauer den Münchhausen zu spielen', waren sich seine Freunde einig.

Eine kurze Notiz des Bedauerns über den 'plötzlichen Tod der Frau unseres geschätzten Nachbarn, Mr. John Blenkinthrope, an Herzversagen', die in der Nachrichtenspalte der Lokalzeitung erschien, war das magere Ergebnis seiner Visionen von einem breiten Bekanntheitsgrad.

Blenkinthrope scheute fortan die Gesellschaft seiner einstigen Reisegefährten und reiste mit einem früheren Zug in die Stadt. Manchmal versucht er, die Sympathie und Aufmerksamkeit einer zufälligen Bekanntschaft mit Details über die Pfeifkünste seines besten Kanarienvogels oder die Dimensionen seiner größten Roten Bete zu gewinnen, und dabei erkannte er sich selbst kaum wieder, als der Mann, über den man einst allgemein sprach und der als 'Besitzer des siebten Huhns' bezeichnet wurde.

DER FESTGEHALTENE OCHSE

Theophil Eshley war ein Künstler von Beruf und ein Kuh-Maler dank seiner Umgebung. Er wohnte nicht auf einem Bauernhof oder neben einem Milchviehbetrieb, wo die Atmosphäre von Horn und Huf, Melkschemel und Brandeisen durchdrungen war, sondern in einem parkähnlichen Villenviertel, das nur knapp dem Vorwurf entgehen konnte, vorstädtisch zu sein.

An einer Seite seines Gartens grenzte eine kleine, malerische Wiese an, auf der ein unternehmungslustiger Nachbar einige kleine, malerische Kühe von den Kanalinseln weiden ließ. Im Sommer um die Mittagszeit standen die Kühe bis zu den Knien im hohen Gras der Wiese, im Schatten einer Gruppe von Walnussbäumen, und das Sonnenlicht fiel in Flecken auf ihr mausweiches Fell.

Eshley hatte einst ein anmutiges Bild von zwei ruhigen Milchkühen vor einem Hintergrund aus Walnussbaum, Wiesengras und gefilterten Sonnenstrahlen entworfen und ausgeführt, und die Royal Academy hatte es in ihrer Sommerausstellung an die Wand gehängt. Die Royal Academy ermutigt ihre

Kinder zu ordentlichen, methodischen Gewohnheiten. Eshley hatte ein erfolgreiches und akzeptables Bild von Rindern gemalt, die malerisch unter Walnussbäumen dösten, und so wie er als Kind begonnen hatte, machte er später notgedrungen weiter.

Seinem Bild 'Friedliche Mittagsruhe', einer Studie von zwei graubraunen Kühen unter einem Walnussbaum, folgte 'Ein mittäglicher Zufluchtsort', die Studie von einem Walnussbaum mit zwei graubraunen Kühen darunter.

Unmittelbar danach kamen die Werke 'Wo es keine Belästigung durch Viehbremsen gibt', 'Der Zufluchtsort der Herde' und 'Ein Traum im Milchland' – alles Studien von Walnussbäumen und graubraunen Kühen.

Seine beiden Versuche, mit der eigenen Tradition zu brechen, scheiterten: 'Turteltauben vom Sperber aufgeschreckt' und 'Wölfe in römischer Landschaft', kehrten als abscheuliche Irrwege in sein Atelier zurück, während Eshley mit 'Ein schattiges Plätzchen, wo schläfrige Milchkühe träumen' wieder in die Gunst der Öffentlichkeit gelangte.

An einem schönen Nachmittag im Spätherbst war er gerade dabei, einer Studie über Wiesenunkräuter den letzten Schliff zu geben, als seine Nachbarin Adela Pingsford in sein Atelier stürmte, nachdem sie laut und beharrlich an die Außentür geklopft hatte.

»In meinem Garten ist ein Ochse«, verkündete sie zur Erklärung ihres stürmischen Eindringens.

»Ein Ochse«, sagte Eshley unbeeindruckt und etwas albern, »was für ein Ochse?«

»Verdammt, ich weiß nicht, was für einer«, sagte die Lady schnippisch. »Ein gewöhnlicher Ochse oder Gartenochse, um den Slangausdruck zu verwenden. Ich habe etwas dagegen, dass er im Garten steht. Er ist gerade erst für den Winter hergerichtet worden, und ein Ochse, der darin herumläuft, macht die Sache nicht besser. Außerdem blühen dort gerade die Chrysanthemen.«

»Wie ist er in den Garten gekommen?«, fragte Eshley.

»Ich nehme an, er ist durch das Tor gekommen«, sagte die Lady ungeduldig. »Er kann nicht über die Mauer geklettert sein, und ich nehme nicht an, dass ihn jemand als Bovril-Werbung [Bovril = populäre Fleischextraktpaste] aus einem Flugzeug abgeworfen hat. Die entscheidende Frage ist nicht, wie er hineingekommen ist, sondern wie man ihn wieder herausbekommt.«

»Will er nicht gehen?«, fragte Eshley.

»Wenn er vorhätte, zu gehen«, sagte Adela Pingsford etwas verärgert, »wäre ich nicht hierher gekommen, um mit Ihnen darüber zu plaudern.«

»Ich bin derzeit praktisch allein; das Hausmädchen hat ihren freien Nachmittag und die Köchin liegt mit einer Neuralgie im Bett.«

»Was ich vielleicht in der Schule oder im späteren Leben darüber gelernt haben könnte, wie man einen großen Ochsen aus einem kleinen Garten entfernt, scheint mir entfallen zu sein. Alles, woran ich denken konnte, war, dass Sie ein naher Nachbar und ein Kuh-Maler sind, und vermutlich mehr oder weniger vertraut mit den Themen, die Sie malen, und vielleicht eine kleine Hilfe sein könnten. Vielleicht habe ich mich aber auch geirrt.«

»Ich male zwar Milchkühe«, räumte Eshley ein, »aber ich kann nicht behaupten, dass ich Erfahrung darin habe, verirrte Ochsen zusammenzutreiben. Ich habe das natürlich schon in einem Kinofilm gesehen, aber da waren immer Pferde und viel anderes Zubehör dabei, und außerdem weiß man nie, wie viele von diesen Filmen gefälscht sind.«

Adela Pingsford sagte nichts, sondern ging auf dem Weg zu ihrem Garten voran. Es war ein ziemlich großer Garten, aber er wirkte jetzt klein im Vergleich zu dem Ochsen, einem riesigen, gefleckten Tier, das an Kopf und Schultern matt rot war und an den Flanken und am Hinterteil in schmutziges Weiß überging, mit zotteligen Ohren und großen, blutunterlaufenen Augen. Das Tier ähnelte den graubraunen Jungkühen, die Eshley zu malen pflegte, ungefähr so sehr wie der Häuptling eines kurdischen Nomadenclans einem japanischen Teehausmädchen.

Eshley stand ganz in der Nähe des Gatters, während er das Aussehen und das Verhalten des Tieres studierte.

Adela Pingsford sagte weiterhin nichts.

»Es frisst eine Chrysantheme«, sagte Eshley schließlich, als die Stille unerträglich geworden war.

»Wie aufmerksam Sie sind«, sagte Adela verbittert. »Sie scheinen ja wirklich alles zu bemerken, doch wie es aussieht, hat er gerade sechs Chrysanthemen im Mund.«

Die Notwendigkeit, etwas zu tun, wurde immer dringlicher. Eshley ging ein oder zwei Schritte in Richtung des Tieres, klatschte in die Hände und machte Geräusche der Sorte 'Sch ...' und 'Husch'. Ob der Ochse sie gehört hatte oder nicht, war schwer zu sagen; zumindest ließ er sich äußerlich nichts anmerken.

»Wenn sich jemals Hühner in meinen Garten verirren sollten«, sagte Adela, »würde ich auf jeden Fall nach Ihnen schicken, um sie zu verscheuchen, aber könnten Sie in der Zwischenzeit versuchen, den Ochsen zu vertreiben?«

»Das ist eine 'Mademoiselle Louise Bichot', auf die er sich jetzt gerade stürzt«, fügte sie in eisiger Ruhe hinzu, während ein leuchtend orangefarbener Blüten-Kopf in dem riesigen, mampfenden Maul zerquetscht wurde.

»Da Sie so ausführlich über die Sorte der Chrysantheme gesprochen haben«, sagte Eshley, »kann ich Ihnen auch sagen, dass es ein Ayrshire-Ochse ist.«

Die eisige Stille wurde unterbrochen. Adela Pingsford gebrauchte Schimpfworte, die den Künstler instinktiv ein paar Meter näher an den Ochsen heranführten. Er nahm eine Bohnenstange in die Hand und schleuderte sie mit einiger Entschlossenheit gegen die gefleckten Flanken des Tieres. Die Aktion eine 'Mademoiselle Louise Bichot' zu einem Blütensalat zu zermalmen, wurde für einen langen Moment unterbrochen, während der Ochse den Stangenwerfer mit konzentriertem Interesse anstarrte.

Adela starrte mit gleicher Konzentration und noch offensichtlicherer Feindseligkeit auf denselben Punkt. Da das Tier weder den Kopf senkte, noch mit den Füßen stampfte, wagte Eshley eine weitere Speerübung mit einer weiteren Bohnenstange.

Der Ochse schien sofort zu begreifen, dass er gehen musste; er zupfte ein letztes Mal hastig an dem Beet, in dem die Chrysanthemen gestanden hatten, und schritt dann schnell den Garten hinauf. Eshley rannte hin, um ihn zum Tor zu lenken, aber es gelang ihm nur, seinen Schritt von einem Spaziergang zu einem schwerfälligen Trab zu beschleunigen.

Mit neugierigem Blick, aber ohne wirklich zu zögern, überquerte er den winzigen Rasenstreifen, den Wohlmeinende als Krocketrasen bezeichnen würden, und trottete durch die offene Verandatür in das Morgenzimmer. Dort standen einige Chrysanthemen und andere Herbstblumen in Vasen im Raum, und das Tier nahm seine Weidetätigkeit wieder auf, aber Eshley hatte den Eindruck, dass sich in seinen Augen ein jagdlicher Ausdruck zeigte, ein Blick, der Respekt verlangte. Er hörte auf, sich in die Wahl der Umgebung einzumischen.

»Mr. Eshley«, sagte Adela mit zitternder Stimme, »ich habe Sie gebeten, das Biest aus meinem Garten zu vertreiben, aber nicht, es in mein Haus zu bringen. Wenn es irgendwo auf dem Grundstück sein muss, dann ziehe ich den Garten dem Morgenzimmer vor.«

»Viehtriebe sind nicht meine Sache«, sagte Eshley; »wenn ich mich recht erinnere, habe ich Ihnen das von Anfang an gesagt.«

»Da stimme ich Ihnen zu«, antwortete die Dame, »hübsche Bilder von hübschen kleinen Kühen zu malen, dafür sind Sie geschaffen. Vielleicht möchten Sie eine hübsche Skizze von dem Ochsen machen, wie er es sich in meinem Morgenzimmer gemütlich macht?«.

Diesmal schien es so, als hätte sich das Blatt gewendet. Eshley schritt davon.

»Wohin gehen Sie?«, schrie Adela.

»Ich will meine Utensilien holen«, war die Antwort.

»Utensilien? Ich werde nicht zulassen, dass Sie ein Lasso benutzen. Wenn es zu einem Kampf kommt, wird das Zimmer verwüstet werden.«

Aber der Künstler marschierte aus dem Garten. Nach ein paar Minuten kehrte er zurück, beladen mit Staffelei, Skizzenschemel und Malsachen.

»Meinen Sie etwa, dass Sie sich ruhig hinsetzen und diese Bestie malen werden, während sie mein Morgenzimmer verwüstet?«, keuchte Adela.

»Es war ihr Vorschlag«, sagte Eshley und brachte seine Leinwand in Position.

»Ich verbiete es, ich verbiete es ganz entschieden!«, tobte Adela.

»Ich weiß nicht, was Sie das angeht«, sagte der Künstler. »Sie können kaum so tun, als wäre es Ihr Ochse, auch nicht durch Adoption.«

»Sie scheinen zu vergessen, dass er in meinem Morgenzimmer steht und meine Blumen frisst«, kam die wütende Antwort.

»Und Sie scheinen vergessen zu haben, dass die Köchin an einer Neuralgie leidet«, sagte Eshley. »Vielleicht schlummert sie gerade in einem barmherzigen Schlaf, und Ihr Geschrei weckt sie auf. Rücksicht auf andere sollte das Leitmotiv der Menschen unseres Standes sein.«

»Der Mann ist verrückt!«, rief Adela mit tragischer Stimme.

Einen Augenblick später war es Adela selbst, die verrückt zu werden schien. Der Ochse war gerade mit den Blumen in den Vasen und dem Buchumschlag von 'Israel Kalisch' fertig und schien daran zu denken, sein ziemlich beengtes Quartier zu verlassen. Als Eshley seine Unruhe bemerkte, warf er ihm sofort ein paar Büschel wilder Wein zu, um ihn dazu zu bewegen, weiter Modell zu stehen.

»Ich habe vergessen, wie das Sprichwort lautet«, bemerkte er. »Ich denke, es ging etwa so: 'Besser ein Kohlgericht und Liebe dazu, als ein gemästeter Ochse und Hass dabei'. Wir scheinen alle Zutaten für diesen Bibelspruch zur Hand zu haben.«

»Ich werde zur Stadtbibliothek gehen und sie dazu bringen die Polizei zu rufen«, kündigte Adela an, und mit hörbarem Zorn ging sie davon.

Einige Minuten später trat der Ochse, der sich wohl daran erinnerte, dass Ölkuchen und gehacktes Mangold in irgendeinem Nebengebäude auf ihn warteten, mit großer Vorsicht aus dem Morgenzimmer. Er starrte den nicht mehr aufdringlichen und mit Bohnenstangen werfenden Menschen mit ernster Miene an und verließ dann schwerfällig, aber zügig den Garten. Eshley packte seine Sachen ein und folgte dem Beispiel des Tieres, und das Haus 'Larkdene' wurde der Neuralgie und der Köchin überlassen.

Diese Episode war der Wendepunkt in Eshleys künstlerischer Laufbahn.

Sein bemerkenswertes Bild 'Ochse im Morgenzimmer, Spätherbst' gehörte zu den Sensationen und Erfolgen des nächsten Pariser Salons.

Als es anschließend in München ausgestellt wurde, erwarb es die bayerische Staatsregierung gegen das beherzte Bieten dreier Fleischextraktfirmen. Von diesem Moment an war sein Erfolg ungebrochen und sicher.

Zwei Jahre später zeigte sich die Royal Academy sehr dankbar, dass sie seinem großen Gemälde 'Barbarische Affen verwüsten ein Boudoir' einen auffälligen Platz an ihren Wänden geben konnte.

Eshley schenkte Adela Pingsford ein neues Exemplar des Buches 'Israel Kalisch' und ein paar schön blühende Pflanzen der Sorte 'Madame Adnré Blusset', aber es kam zu keiner wirklichen Versöhnung zwischen den beiden.

DER PERFEKTE GESCHICHTENERZÄHLER

Es war ein heißer Nachmittag, im Eisenbahnwaggon war es dementsprechend schwül, und der nächste Halt war in Templecombe, fast eine Stunde entfernt. Die Insassen des Waggons waren ein kleines Mädchen, ein kleineres Mädchen und ein kleiner Junge. Eine Tante, die zu den Kindern gehörte, belegte einen Ecksitz, und auf dem anderen Ecksitz gegenüber saß ein Junggeselle, der nicht zu ihrer Gruppe gehörte. Das kleine und das kleinere Mädchen und der kleine Junge machten sich im Abteil mit ziemlichem Nachdruck breit.

Sowohl die Tante als auch die Kinder unterhielten sich auf eine stur begrenzte Weise, die an die Aufmerksamkeit einer Stubenfliege erinnerte, die sich nicht abschrecken lässt. Die meisten Bemerkungen der Tante schienen mit 'Nicht ...' zu beginnen, und fast alle Bemerkungen der Kinder begannen mit 'Warum?'

Der Junggeselle sagte nichts.

»Nicht, Cyril, nicht«, rief die Tante, als der kleine Junge anfing, auf die Kissen des Sitzes zu schlagen und bei jedem Schlag eine Staubwolke aufwirbelte.

»Komm und sieh aus dem Fenster«, fügte sie hinzu.

Der Junge ging zögernd zum Fenster. »Warum werden die Schafe von dieser Wiese getrieben?«, fragte er.

»Ich nehme an, sie werden woanders hingebracht, wo es mehr Gras gibt«, sagte die Tante leise.

»Aber auf dieser Wiese gibt es viel Gras«, protestierte der Junge, »dort gibt es nichts anderes als Gras. Tante, auf dieser Wiese gibt es viel Gras.«

»Vielleicht ist das Gras auf einer anderen Wiese besser«, schlug die Tante einfältig vor.

»Warum ist es besser?«, kam die schnelle, unvermeidliche Frage.

»Oh, schau dir die Kühe an!«, lenkte die Tante ab.

Auf fast jedem Feld entlang der Strecke standen Kühe oder Stiere, aber sie sprach davon, als ob sie auf eine Seltenheit aufmerksam machen wollte.

»Warum ist das Gras auf der anderen Wiese besser?«, fragte Cyril weiter.

Das Stirnrunzeln auf dem Gesicht des Junggesellen vertiefte sich zu einem finsteren Blick. Er war ein harter, unsympathischer Mann, entschied die Tante in ihrem Kopf.

Was den quengelnden Cyrill anging, so war sie immer noch völlig unfähig, eine befriedigende Auskunft über das Gras auf der anderen Wiese zu geben.

Das kleinere der kleinen Mädchen sorgte für Ablenkung. Sie begann, 'Auf dem Weg nach Mandalay' zu rezitieren. Sie kannte nur die erste Zeile, aber sie nutzte ihr begrenztes Wissen so gut wie möglich aus. Immer und immer wieder wiederholte sie die Worte, mit einer verträumten, aber entschlossenen und gut hörbaren Stimme. Dem Junggesellen schien es, als hätte jemand mit ihr gewettet, dass sie die Zeile nicht zweitausendmal laut wiederholen könnte, ohne abzusetzen. Derjenige, der die Wette eingegangen wäre, hätte sie wahrscheinlich verloren.

»Kommt her und hört euch eine Geschichte an«, sagte die Tante, nachdem der Junggeselle vielsagend zweimal zu ihr und einmal zur Schnur der Notbremse geschaut hatte.

Die Kinder bewegten sich lustlos zum Ende des Waggons zu, wo die Tante saß. Offensichtlich schätzten sie ihren Ruf als Geschichtenerzählerin nicht sehr hoch ein. Mit leiser, vertrauter Stimme, die von Zeit zu Zeit von lauten, störrischen Fragen der Zuhörer unterbrochen wurde, erzählte sie eine wenig unterhaltsame und leider uninteressante Geschichte über ein kleines Mädchen, das gut war und sich wegen seiner Güte bei allen beliebt machte und schließlich von einigen Rettern, die ihren moralischen Charakter bewunderten, vor einem verrückten Stier gerettet wurde.

»Hätten sie sie nicht gerettet, wenn sie nicht so gütig gewesen wäre?«, fragte das größere der kleinen Mädchen.

Genau diese Frage hatte auch der Junggeselle stellen wollen.

»Nun, ja«, gab die Tante zögernd zu, »aber ich glaube nicht, dass sie ihr so schnell zu Hilfe geeilt wären, wenn sie sie nicht so sehr geschätzt hätten.«

»Das ist die dümmste Geschichte, die ich je gehört habe«, sagte das größere der kleinen Mädchen mit großer Überzeugung.

»Ich habe nach dem ersten Teil nicht mehr zugehört, so dumm war sie«, sagte Cyril.

Das kleinere Mädchen äußerte sich nicht wirklich zu der Geschichte, aber sie hatte längst wieder damit begonnen, ihre Lieblingszeile zu murmeln.

»Sie scheinen als Geschichtenerzählerin keinen Erfolg zu haben«, sagte der Junggeselle plötzlich aus seiner Ecke.

Die Tante wehrte sich sofort gegen diesen unerwarteten Angriff: »Es ist sehr schwierig,

Geschichten zu erzählen, die Kinder sowohl verstehen, als auch schätzen können«, sagte sie steif.

»Da kann ich Ihnen nicht zustimmen«, sagte der Junggeselle.

»Vielleicht möchten Sie ihnen selbst eine Geschichte erzählen«, erwiderte die Tante.

»Ja, erzähl uns eine Geschichte«, forderte das größere der kleinen Mädchen.

»Es war einmal«, begann der Junggeselle, »ein kleines Mädchen namens Bertha, das außerordentlich brav war.«

Das zwischenzeitlich geweckte Interesse der Kinder kam sofort wieder ins Wanken; alle Geschichten schienen furchtbar gleich zu sein, egal, wer sie erzählte.

»Sie tat alles, was man ihr sagte; sie war immer ehrlich, hielt ihre Kleider sauber, aß Milchpudding, als ob es Marmeladentörtchen wären, lernte ihre Lektionen perfekt und war höflich.«

»War sie hübsch?«, fragte das größere der kleinen Mädchen.

»Nicht so hübsch wie eine von euch«, sagte der Junggeselle, »aber sie war sehr gütig.«

Es gab eine Welle von Reaktionen zugunsten der Geschichte; das Wort furchtbar in Verbindung mit Güte war eine Neuheit, die sich empfahl. Es schien etwas Wahres an sich zu haben, das in den Erzählungen der Tante über das Leben eines Kindes fehlte.

»Sie war so gütig«, fuhr der Junggeselle fort, »dass sie mehrere Medaillen für ihre Güte erhielt, die sie immer an ihrem Kleid befestigt trug. Es gab eine Medaille für Gehorsam, eine andere für Pünktlichkeit und eine dritte für gutes Benehmen. Es waren große metallene Medaillen, und sie klickten aneinander, wenn sie ging. Kein anderes Kind in der Stadt, in der sie lebte, hatte so viele Medaillen, gleich drei davon, und so wusste jeder, dass sie ein besonders gütiges Kind sein musste.«

»Schrecklich gütig«, zitierte Cyril.

»Alle redeten über ihre Güte, und der Prinz des Landes erfuhr davon. Er sagte, da sie so gütig sei, dürfe sie einmal in der Woche in seinem Park spazieren gehen, der direkt außerhalb der Stadt lag. Es war ein wunderschöner Park, in den sonst keine Kinder hineingelassen wurden, und so war es eine große Ehre für Bertha, dorthin gehen zu dürfen.«

»Gab es Schafe in dem Park?«, fragte Cyril.

»Nein«, sagte der Junggeselle, »es gab keine Schafe.«

»Warum gab es keine Schafe?«, kam die unvermeidliche Frage, die sich aus dieser Antwort ergab.

Die Tante erlaubte sich ein Lächeln, das man fast als Grinsen hätte bezeichnen können.

»Es gab keine Schafe im Park«, sagte der Junggeselle, »weil die Mutter des Prinzen einmal geträumt hatte, dass ihr Sohn entweder von einem Schaf oder von einer Uhr, die auf ihn fiel, getötet werden würde. Aus diesem Grund hat der Prinz nie ein Schaf in seinem Park gehalten oder eine Uhr in seinem Palast aufgestellt.«

Die Tante unterdrückte einen Anflug von Bewunderung für diese sofortige Antwort.

»Wurde der Prinz von einem Schaf oder einer Uhr getötet?«, fragte Cyril.

»Er lebt noch, also können wir nicht sagen, ob der Traum wahr wird«, sagte der Junggeselle unbekümmert, »jedenfalls gab es keine Schafe im Park, aber es gab viele kleine Schweine, die überall herumliefen.«

»Welche Farbe hatten sie?«

»Schwarz mit hellen Gesichtern, hell mit schwarzen Flecken, ganz schwarz, grau mit hellen Flecken, und einige waren ganz hell.«

Der Erzähler machte eine Pause, damit die Schätze des Parks in die Vorstellung der Kinder einsinken konnten; dann fuhr er fort:

»Bertha war sehr traurig, als sie sah, dass es im Park keine Blumen gab. Sie hatte ihren Tanten mit Tränen in den Augen versprochen, dass sie keine Blumen von dem freundlichen Prinzen pflücken würde, und sie hatte vor, ihr Versprechen zu halten, also kam sie sich natürlich dumm vor, als sie bemerkte, dass es keine Blumen zu pflücken gab.«

»Warum gab es keine Blumen?«

»Weil die Schweine sie alle gefressen haben«, sagte der Junggeselle sofort. »Die Gärtner hatten dem Prinzen gesagt, dass man Schweine und Blumen nicht zusammen haben kann, also hat er beschlossen, Schweine und keine Blumen zu haben.«

Ein Raunen ging durch die Reihen, weil der Prinz eine so gute Entscheidung getroffen hatte; so viele Leute hätten sich anders entschieden.

»Es gab noch viele andere schöne Dinge im Park. Es gab Teiche mit goldenen, blauen und grünen Fischen darin und Bäume mit schönen Papageien, die sofort kluge Dinge sagen konnten, und Kolibris, die alle beliebten Melodien der Zeit trällerten.«

»Bertha ging auf und ab und amüsierte sich köstlich und dachte: »Wenn ich nicht so außerordentlich gütig wäre, hätte ich nicht in diesen schönen Park kommen und all das genießen dürfen, was es dort zu sehen gibt«, und ihre drei Medaillen klirrten beim Gehen aneinander und halfen ihr, sich daran zu erinnern, wie gütig sie wirklich war.«

»In diesem Moment kam ein riesiger Wolf in den Park geschlichen, um zu sehen, ob er ein fettes kleines Schweinchen für sein Abendessen fangen könnte.«

»Welche Farbe hatte er?«, fragten die Kinder, und sofort erwachte ihr Interesse.

»Der ganze Körper war schlammfarben, mit einer schwarzen Zunge und blassgrauen Augen, die mit unsagbarer Wildheit funkelten.«

»Das Erste, was er im Park sah, war Bertha; ihre Schürze war so blütenweiß und sauber, dass man sie schon von Weitem sehen konnte. Bertha sah den Wolf und merkte, dass er auf sie zu rannte. In diesem Moment wünschte sie sich, sie hätte den Park nie betreten dürfen. Sie rannte, so schnell sie konnte, und der Wolf kam mit großen Sprüngen hinter ihr her«.

Sie erreichte ein Gestrüpp aus Myrtensträuchern und versteckte sich in einem der dicksten Büsche. Der Wolf kam schnüffelnd zwischen den Zweigen hervor, seine schwarze Zunge ragte aus dem Maul und seine blassgrauen Augen funkelten vor Wut. Bertha erschrak furchtbar und dachte sich: 'Wenn ich nicht so außerordentlich gütig gewesen wäre, wäre ich jetzt in der Stadt in Sicherheit'.

»Der Duft der Myrte war aber so stark, dass der Wolf nicht erschnüffeln konnte, wo Bertha sich versteckte, und das Gestrüpp war so dicht, dass er lange darin hätte herumjagen können, ohne sie zu sehen. Also dachte er sich, er könne sich genauso gut ein kleines Schweinchen fangen.«

»Bertha zitterte sehr, weil der Wolf so nahe bei ihr herumschlich und schnüffelte, und während sie zitterte, klirrte die Gehorsamsmedaille gegen die Medaillen für gutes Benehmen und Pünktlichkeit.«

»Der Wolf wollte sich gerade entfernen, als er das Klirren der Medaillen hörte und innehielt, um zu lauschen. Dann klirrten sie erneut in einem Busch ganz in seiner Nähe.«

»Er stürzte sich hinein, seine blassgrauen Augen funkelten vor Wildheit und Triumph, und er zerrte Bertha heraus und verschlang sie bis auf den letzten Bissen. Alles, was von ihr übrig blieb, waren ihre Schuhe, ein paar Kleidungsstücke und die drei Medaillen für ihre Güte.«

»Wurden die Schweinchen auch getötet?«

»Nein, sie sind alle entkommen.«

»Die Geschichte hat schlecht begonnen«, sagte das kleinere der kleinen Mädchen, »aber sie hatte ein schönes Ende.«

»Das ist die schönste Geschichte, die ich je gehört habe«, sagte das größere der kleinen Mädchen mit großer Entschlossenheit.

»Das ist die einzige schöne Geschichte, die ich je gehört habe«, sagte Cyril.

Eine abweichende Meinung kam von der Tante.

»Das ist eine höchst unpassende Geschichte, um sie kleinen Kindern zu erzählen! Sie haben die Wirkung jahrelanger, sorgfältiger Erziehung zunichtegemacht.«

»Jedenfalls«, sagte der Junggeselle und sammelte seine Sachen zusammen, um den Waggon zu verlassen, »habe ich sie zehn Minuten lang zum Schweigen gebracht, was mehr war, als Sie zu tun vermocht haben.«

»Unglückliche Frau«, sagte er zu sich selbst, als er den Bahnsteig des Bahnhofs Templecombe hinunterging, »ich denke, in den nächsten sechs Monaten oder so werden sie diese Kinder immer wieder in aller Öffentlichkeit mit Forderungen nach einer unpassenden Geschichte überfallen!«

EINE BESONDERE ART DER VERTEIDIGUNG

Treddleford saß in einem bequemen Sessel vor dem schlummernden Feuer, mit einen Band mit Versen in der Hand und in dem angenehmen Bewusstsein, dass draußen vor den Fenstern des Clubs der Regen beharrlich herunterprasselte.

Ein kühler, feuchter Oktobernachmittag ging in einen dunklen, feuchten Oktoberabend über, und im Gegensatz dazu war es im Raucherzimmer des Clubs warm und gemütlich. Es war ein Nachmittag, an dem man seiner klimatischen Umgebung entfliehen konnte, und sein Versbuch 'Die goldene Reise nach Samarkand' versprach, Treddleford gut und tapfer in andere Länder und unter andere Himmel zu tragen.

Durch die Zeilen hindurch war er bereits vom regennassen London zum schönen Bagdad gewandert und stand am Sonnentor in der 'guten alten Zeit', als sich ein eisiger Hauch von drohendem Unmut zwischen das Buch und ihn zu schleichen schien. Amblecope, der Mann mit den unruhigen, hervorstehenden Augen und einem Mund, der für Gesprächseröffnungen bereit war, hatte sich in einem benachbarten Sessel niedergelassen.

129

Seit zwölf Monaten und ein paar Wochen hatte Treddleford es geschickt vermieden, die Bekanntschaft seines wortgewandten Clubkameraden zu machen; er hatte sich auf wunderbare Weise davor bewahrt, von dessen unerbittlichen Erzählungen über langweilige persönliche Erfolge oder angebliche Erfolge auf Golfplätzen, auf dem Rasen und am Spieltisch, in Fluten und Felder und im Verborgenen heimgesucht zu werden.

Die Zeit seiner Immunität neigte sich dem Ende zu. Es gab kein Entrinnen; in einem Augenblick würde er zu denen gehören, die Amblecope kannten und mit ihm sprechen – oder besser, die es ertragen mussten, wenn er mit einem spricht. Der Eindringling war mit einem Exemplar von Country Life bewaffnet, nicht um es zu lesen, sondern um das Eis für ein Gespräch zu brechen: »Ein ziemlich gutes Porträt von Throstlewing«, bemerkte er explosiv und richtete seine großen, herausfordernden Augen auf Treddleford; »irgendwie erinnert es mich sehr an das Pferd Yellowstep, das 1903 so hoch für den Grand Prix gehandelt wurde. Das war ein merkwürdiges Rennen; ich glaube, ich habe jedes Rennen um den Grand Prix gesehen, seit – «

»Wären Sie bitte so freundlich, den Grand Prix nie wieder in meiner Gegenwart zu erwähnen«, sagte Treddleford verzweifelt, »das weckt akut schmerzhafte Erinnerungen in mir. Ich kann nicht erklären, warum, ohne eine lange und komplizierte Geschichte zu erzählen.«

»Oh, natürlich, natürlich«, sagte Amblecope schnell, denn lange und komplizierte Geschichten, die nicht von ihm selbst erzählt wurden, waren in seinen Augen abscheulich. Er blätterte die Seiten des Country Life um und tat so, als würde er sich für das Bild eines mongolischen Fasans interessieren: »Keine schlechte Darstellung der mongolischen Art«, rief er aus und hielt es seinem Nachbarn zur Ansicht hin. »In der Deckung verhalten sie sich sehr schlau, und wenn sie erst einmal in der Luft sind, können sie auch einiges einstecken. Die größte Ausbeute, die ich je an zwei aufeinander folgenden Tagen hatte – «

»Fasanenjagd? Meine Tante, der der größte Teil von Lincolnshire gehört«, warf Treddleford mit dramatischer Schärfe ein, »besitzt vielleicht den bemerkenswertesten Fasanenrekord, der je erzielt wurde. Sie ist fünfundsiebzig und kann nichts mehr treffen, aber sie geht immer mit dem Gewehr hinaus.«

»Wenn ich sage, dass sie nichts treffen kann, meine ich nicht, dass sie nicht gelegentlich das Leben ihrer Jagdkollegen gefährdet, denn das wäre nicht wahr. Tatsächlich erlaubt der oberste 'Whip'* der Regierung den Abgeordneten der Ministerien nicht, mit ihr auf Jagd zu gehen: 'Wir wollen das Risiko nicht eingehen, dass Nachwahlen notwendig werden', sagte er.«

[* Whip = Peitsche/der Einpeitscher. Er sorgt für Fraktionszwang und Anwesenheit von Mitgliedern der eigenen Partei im Parlament]

»Nun, neulich hat sie einen Fasan gestreift und ihn mit ein oder zwei ausgeschlagenen Federn zu Boden gebracht. Es war eine Ausnahme, und meine Tante sah sich in der Gefahr, den einzigen Vogel zu verlieren, den sie in dieser Regierungszeit geschossen hatte. Das wollte sie natürlich verhindern. Sie folgte ihm durch Gestrüpp und Gebüsch, und als er auf offenes Land kam und über ein gepflügtes Feld lief, sprang sie auf das Jagdpony und ritt ihm nach. Die Jagd war lang, und als meine Tante den Vogel endlich zur Strecke gebracht hatte, war sie näher zu Hause als bei der Jagdgesellschaft, die sie etwa fünf Meilen hinter sich gelassen hatte.«

»Eine ziemlich lange Strecke für einen verwundeten Fasan«, schnaufte Amblecope.

»Die Geschichte beruht auf der Autorität meiner Tante«, sagte Treddleford kühl, »und sie ist die örtliche Vizepräsidentin der Young Women's Christian Association [Christliche Vereinigung junger Frauen]. Sie trabte etwa drei Meilen nach Hause, und erst am Nachmittag stellte sich heraus, dass sich das Mittagessen für die gesamte Jagdgesellschaft in einer Tasche befand, die am Sattel des Ponys befestigt war.«

»Manche Vögel lassen sich natürlich nicht so leicht töten«, sagte Amblecope, »und manche Fische auch nicht. Ich erinnere mich, dass ich einmal im Exe geangelt habe, einem schönen Forellenfluss, in dem es viele Fische gibt, aber große fängt man da nicht – «

»Angeln in Exe, sagte Sie? Nun, jemandem ist es dort ein großer Fang gelungen«, verkündete Treddleford mit Nachdruck. »Mein Onkel, der Bischof von Southmolton, hatte in einem Tümpel am Hauptstrom des Exe bei Ugworthy eine riesige Forelle gesehen; drei Wochen lang versuchte er es täglich mit allen möglichen Fliegen und Würmern, ohne den geringsten Erfolg, und dann griff das Schicksal zu seinen Gunsten ein.«

»Es gab dort eine niedrige Steinbrücke, und am letzten Tag seines Angelurlaubs fuhr ein Lieferwagen mit voller Wucht gegen die Brüstung und kippte um. Niemand wurde verletzt, aber ein Teil der Brüstung wurde weggedrückt, und die gesamte Ladung des Lieferwagens wurde darüber hinweggeschleudert und landete ein Stück weit im Teich.«

»Innerhalb weniger Minuten zappelte die riesige Forelle im Schlamm auf dem Grund des wasserlosen Beckens, und mein Onkel konnte zu ihr hinuntergehen und sie an seine Brust drücken. Die Ladung des Lieferwagens bestand aus Löschpapier, und jeder Tropfen Wasser in der Lache war von der verlorenen Fracht aufgesaugt worden.«

Fast eine halbe Minute lang herrschte Schweigen im Raucherzimmer, und Treddleford begann, sich in Gedanken an 'goldene Straße nach Samarkand' zurückzubegeben. Amblecope erholte sich jedoch und bemerkte mit ziemlich müder und entmutigter Stimme:

»Apropos Autounfälle: Meinen knappsten Unfall hatte ich neulich, als ich mit dem alten Tommy Yarby in Nordwales unterwegs war. Ein furchtbar guter Kerl, der alte Yarby, ein durch und durch guter Sportsmann, und der beste – «

»Nordwales?«, unterbrach ihn Treddleford wieder. »Es war in Nordwales«, sagte er, »wo meine Schwester letztes Jahr ihren aufsehenerregenden Kutschenunfall hatte.«

»Sie war auf dem Weg zu einer Gartenparty bei Lady Nineveh, so ziemlich die einzige Gartenparty, die in dieser Gegend im Laufe des Jahres stattfindet, und daher eine Sache, die sie sehr ungern verpasst hätte.«

»Sie lenkte ein junges Pferd, das sie erst ein oder zwei Wochen zuvor gekauft hatte und dem man bescheinigte, dass es mit dem Autoverkehr, den Fahrrädern und anderen gewöhnlichen Gegenständen am Straßenrand bestens zurechtkam.«

»Das Tier machte seinem Ruf alle Ehre und ging selbst an den explosivsten Motorrädern vorbei, mit einer Gleichgültigkeit, die fast an Apathie grenzte.«

»Aber ich nehme an, dass wir alle irgendwo eine Grenze ziehen, und dieses spezielle Pferdchen hat sie bei einer umherziehenden Show wilder Biester gezogen.«

»Natürlich konnte meine Schwester das nicht ahnen, aber sie wusste es sehr genau, als sie um eine scharfe Ecke bog und sich in einer gemischten Gesellschaft von Kamelen, gescheckten Pferden und kanariengelben Lieferwagen wiederfand.«

»Die Pferdekutsche stürzte in einem Graben, überschlug sich und wurde zertrümmert. Das Pferd rannte über Land nach Hause.«

»Weder meine Schwester noch ihr Bräutigam wurden verletzt, aber das Problem, wie sie zu der etwa drei Meilen entfernten Gartenparty der Ninivehs kommen sollte, schien schwer zu lösen zu sein; dort hätte meine Schwester natürlich leicht jemanden finden können, der sie nach Hause bringen würde.«

»Ich nehme an, Sie würden es nicht schätzen, wenn ich Ihnen ein paar meiner Kamele leihe«, sagte der Schausteller humorvoll und sympathisch.

»Doch, das würde ich schätzen, sagte meine Schwester, die in Ägypten schon auf Kamelen geritten war.«

»Sie setzte sich über die Einwände ihres Bräutigams hinweg, der das nicht gewollt hatte, und wählte zwei der ansehnlichsten Tiere aus. Sie ließ sie säubern und so ordentlich herrichten, wie es in der Kürze der Zeit möglich war, und machte sich auf den Weg zum Haus der Ninivehs.«

»Sie können sich vorstellen, welches Aufsehen ihre kleine, aber imposante Karawane erregt hatte, als sie an der Eingangstür ankam.«

»Die gesamte Gartengesellschaft strömte herbei, um sie zu bestaunen. Meine Schwester war dann doch froh, von ihrem Kamel abzusteigen, und der Bräutigam war sehr dankbar, von seinem herunterzuklettern.«

»Dann wollte der junge Billy Doulton von der Dragonergarde, der lange in Aden gewesen war und glaubte, die Kamelsprache auswendig zu können, damit angeben, wie er die Tiere auf orthodoxe Art auf die Knie zwingt.«

»Leider sind die Kommandoworte für die Kamele nicht überall auf der Welt gleich; es handelte sich um prächtige turkestanische Kamele, die es gewohnt waren, die steinigen Terrassen der Gebirgspässe hinaufzuschreiten, und als Doulton sie anschrie, erklommen sie, Seite an Seite, die vorderen Stufen des Hauses, gingen durch die Eingangshalle und die große Treppe hinauf.«

»Die deutsche Erzieherin begegnete ihnen genau an der Ecke des Ganges. Die Ninevehs haben sie wochenlang hingebungsvoll gepflegt, und als ich das letzte Mal von ihnen hörte, ging es ihr gut genug, um wieder ihren Pflichten nachgehen zu können, aber der Arzt sagt, dass sie ein Leben lang unter einem Hagenbeck-Herz leiden wird.«

Amblecope erhob sich von seinem Stuhl und ging sofort in einen anderen Teil des Raumes.

Treddleford schlug sein Buch wieder auf und machte sich erneut auf den Weg über das drachengrüne, leuchtende, dunkle und von Schlangen heimgesuchte Meer.

Eine gesegnete halbe Stunde lang vergnügte er sich in seiner Fantasie am 'fröhlichen Aleppo-Tor' und lauschte dem singenden Mann mit der Vogelstimme.

Dann wurde er in die Welt des Heute zurückgeholt; ein Page rief ihn, um mit einem Freund am Telefon zu sprechen.

Als Treddleford gerade den Raum verlassen wollte, begegnete er Amblecope, der ebenfalls auf dem Weg nach draußen ins Billardzimmer war, wo er vielleicht einen 'Glückspilz' finden und festhalten konnte, der sich die Zahl seiner Besuche beim Grand Prix und die anschließenden Bemerkungen über Newmarket und Cambridgeshire anhören würde.

Amblecope machte Anstalten, als erster hinauszugehen, aber in Treddlefords Brust wogte ein neugeborener Stolz, und er winkte ihn zurück.

»Ich glaube, ich habe den Vortritt«, sagte er kalt. »Sie sind nur Club-Langweiler, aber ich bin der Club-Lügner.«

SCHREIBSTREIK

»Hast du dich bei den Froplinsons schriftlich für das bedankt, was sie uns zu Weihnachten geschickt haben?«, fragte Egbert.

»Nein«, sagte Janetta mit müder, trotziger Stimme. »Ich habe bis heute elf Briefe geschrieben, in denen ich meine Überraschung und Dankbarkeit für verschiedene unerwartete Geschenke zum Ausdruck gebracht habe, aber ich habe den Froplinsons nicht geschrieben.«

»Irgendjemand wird ihnen schreiben müssen«, sagte Egbert.

»Ich bestreite nicht die Notwendigkeit, aber ich denke nicht, dass ich diejenige sein sollte, die es tut«, sagte Janetta.

»Es würde mir nichts ausmachen, einen Brief mit wütenden Vorwürfen oder herzloser Satire an den richtigen Adressaten zu schreiben; es würde mir sogar Spaß machen, aber ich bin mit meiner Fähigkeit, unterwürfige Freundlichkeit auszudrücken, am Ende.«

»Elf Briefe heute, neun gestern, alle im gleichen Ton ekstatischer Dankbarkeit. Du kannst wirklich nicht erwarten, dass ich noch einen schreibe. Es gibt so etwas wie Schreibmüdigkeit.«

»Ich habe fast genauso viele geschrieben«, sagte Egbert, »und ich hatte auch noch meine übliche Geschäftskorrespondenz zu erledigen. Außerdem weiß ich nicht, was die Froplinsons uns geschenkt haben.«

»Ein Kalender von Wilhelm dem Eroberer«, sagte Janetta, »mit einem Zitat eines seiner großen Gedanken für jeden Tag des Jahres.«

»Unmöglich«, sagte Egbert, »er hatte in seinem ganzen Leben keine dreihundertfünfundsechzig große Gedanken, und wenn, dann hat er sie für sich behalten. Er war ein Mann der Tat, nicht der Selbstbetrachtung.«

»Dann war es wohl William Wordsworth [britischer Dichter]«, sagte Janetta; »ich weiß, dass es irgendetwas mit William war.«

»Das klingt wahrscheinlicher«, sagte Egbert, »und jetzt lass uns diesen Dankesbrief fertigmachen. Ich werde diktieren, und du kannst schreiben:«

»Liebe Mrs. Froplinson – vielen Dank an Sie und Ihren Mann für den sehr schönen Kalender, den Sie uns geschickt haben. Es war sehr nett, dass Sie an uns gedacht haben.«

»Das kannst du unmöglich schreiben«, sagte Janetta und legte ihren Stift weg.

»Es ist das, was ich immer sage, und was alle zu mir sagen«, protestierte Egbert.

»Wir haben ihnen am Zweiundzwanzigsten selbst etwas geschickt«, sagte Janetta, »also mussten sie auch an uns denken. Da gab es kein Entrinnen.«

»Was haben wir ihnen geschickt?«, fragte Egbert.

»Bridge-Marker«, sagte Janetta, »in einer Pappschachtel, auf deren Deckel der Unsinn stand 'nimm einen königlichen Spaten, wenn du nach Reichtümern gräbst'.«

»In dem Moment, als ich es im Laden sah, sagte ich zu mir 'das ist was für die Froplinsons' – und zu dem Verkäufer 'wie viel?'«

»Als er sagte: 'Neun Pence', gab ich ihm die Adresse, steckte unsere Karte ein, bezahlte noch zehn oder elf Pence für das Porto und dankte dem Himmel. Mit weniger Ernsthaftigkeit aber mit unendlich viel mehr Mühe hatten sie mir es dann gedankt.«

»Die Froplinsons spielen kein Bridge«, sagte Egbert.

»Man soll solche gesellschaftlichen Abnormalitäten nicht wahrnehmen«, sagte Janetta, »das wäre unhöflich.«

»Außerdem«, fuhr sie fort, »welche Mühe müssen sie sich gemacht haben, um herauszufinden, ob wir Spaß daran haben, Wordsworth zu lesen? Sie könnten sich ja auch boshaft gedacht haben, dass wir fest in dem Glauben verankert sind, dass alle Poesie mit John Masefield beginnt und endet, und es uns wütend machen oder deprimieren würde, wenn wir täglich mit Ergüssen von Wordsworth überhäuft werden.«

»Nun, lass uns mit dem Dankesschreiben weitermachen«, sagte Egbert.

»Fahre fort«, antwortete Janetta.

»Wie klug von euch, zu erraten, dass Wordsworth unser Lieblingsdichter ist«, diktierte Egbert.

Wieder legte Janetta ihren Stift weg: »Ist dir klar, was das bedeutet?«, fragte sie aufgeregt. »Nächstes Weihnachten schicken sie uns ein Wordsworth-Büchlein und das darauf einen weiteren Kalender. Dann haben wir wieder das Problem, passende Dankesbriefe schreiben zu müssen. Nein, am besten ist es, wenn wir den Kalender nicht erwähnen und uns ein anderes Thema aussuchen.«

»Aber welches andere Thema?«

»Oh, vielleicht versuchen wir es damit«, sagte Egbert: »Schreib einfach 'Was halten Sie von der diesjährigen Liste der Neujahrsehrungen?* Ein Freund von uns hat dazu so eine kluge Bemerkung gemacht, als er sie gelesen hat.' Dann kannst du dir eine beliebige Bemerkung ausdenken und einfügen, die dir in den Sinn kommt; sie muss nicht klug sein. Die Froplinsons werden ohnehin nicht wissen, ob sie es ist oder nicht.«

[* Die Neujahrsehrungen sind Teil der britischen Ordens- und Ehrenverleihungen am 1. Januar]

»Wir wissen nicht einmal, auf welcher politischen Seite sie stehen«, wandte Egbert ein, »und außerdem kannst du das Thema mit dem Kalender nicht einfach ignorieren; wir müssen doch irgendeine intelligente Bemerkung dazu finden können.«

»Nun, uns wird wohl keine einfallen«, sagte Janetta matt. »Tatsache ist, dass wir beide schreibmüde geworden sind.«

»Um Himmels willen!«, rief Janetta plötzlich aus. »Mir ist gerade Mrs. Stephen Ludberry eingefallen. Ich habe ihr noch nicht für das gedankt, was sie geschickt hat.«

»Was hat sie geschickt?«

»Ich habe es vergessen; ich glaube, es war ein Kalender.«

Es herrschte ein langes Schweigen, das verzweifelte Schweigen derer, die keine Hoffnung mehr haben und denen es fast egal geworden ist, doch plötzlich erhob sich Egbert entschlossen von seinem Platz. Das Licht der Kampfbereitschaft flackerte in seinen Augen.

»Lass mich an den Schreibtisch«, rief er.

»Sehr gern«, sagte Janetta. »Willst du an Mrs. Ludberry oder die Froplinsons schreiben?«

»Weder noch«, sagte Egbert und zog einen Stapel Schreibpapier zu sich heran, »ich werde an die Herausgeber jeder fortschrittlichen und einflussreichen Zeitung im Königreich schreiben, und vorschlagen, dass es während der Weihnachts- und Neujahrsfeiertage eine Art brieflichen Gottesfrieden geben soll.«

»Vom 24. Dezember bis zum 3. oder 4. Januar soll es als Verstoß gegen den gesunden Menschenverstand und das gute Betragen angesehen werden, irgendeinen Brief oder eine Mitteilung zu schreiben oder zu erwarten, die sich nicht auf akute Notwendigkeiten beziehen. Antworten auf Einladungen, Buchungen für die Eisenbahn, die Erneuerung von Vereinsabonnements und natürlich all die gewöhnlichen alltäglichen Geschäftsangelegenheiten, Krankmeldungen, die Einstellung neuer Köche und so weiter, werden in der üblichen Weise als etwas Unvermeidliches, als legitimer Teil unseres täglichen Lebens behandelt werden.«

»Aber all die verheerenden Auswüchse der Korrespondenz, die mit der Weihnachtszeit einhergehen, sollten weggefegt werden, um der Saison eine Chance zu geben, wirklich festlich zu sein – eine Zeit des ungetrübten, ununterbrochenen Friedens und des guten Willens.«

»Aber du müsstest dennoch zumindest eine Empfangsbestätigung für die Geschenke verschicken«, wandte Janetta ein, »sonst wüssten die Leute nie, ob sie gut angekommen sind.«

»Daran habe ich natürlich gedacht«, sagte Egbert. »Jedes Geschenk, das man verschickt, wird von einem Zettel begleitet, auf dem das Versanddatum und die Unterschrift des Absenders vermerkt sind, sowie einige bestimmte Kürzel, die zeigen, ob es ein Weihnachts- oder Neujahrsgeschenk sein soll.«

»Auf einem ebenfalls beigefügten, voradressierten Antwortschein braucht man nur noch das Eingangs- und das Rücksendedatum zu vermerken, zu unterschreiben, einige Kürzel hinzuzufügen, die 'herzlichen Dank' oder 'freudige Überraschung' ausdrücken sollen, und das Ganze in einen Umschlag zu stecken und zur Post zu bringen.«

»Das klingt herrlich einfach«, sagte Janetta wehmütig, »aber die Leute würden es für zu trocken und zu oberflächlich halten.«

»Es ist kein bisschen oberflächlicher als das jetzige System«, sagte Egbert. »Dort habe ich immer nur dieselbe konventionelle Sprache der Dankbarkeit zur Verfügung, egal ob ich dem guten alten Colonel Chuttle für seinen köstlichen Stilton [Käse] danke, den wir bis auf den letzten Bissen verschlingen, oder den Froplinsons für ihren Kalender, den wir nie anschauen werden.«

»Colonel Chuttle weiß, dass wir für den Stilton dankbar sind, ohne dass wir es ihm sagen müssen«, fuhr er fort, »und die Froplinsons wissen, dass wir von ihrem Kalender gelangweilt sind, was immer wir auch sagen mögen, genauso wie wir wissen, dass sie von dem Bridge-Marker gelangweilt sind, obwohl sie uns schriftlich versichert haben, dass sie sich für unser charmantes kleines Geschenk bedanken.«

»Außerdem weiß der Colonel, dass wir, selbst wenn wir eine plötzliche Abneigung gegen Stilton entwickelt hätten oder der Arzt ihn uns verboten hätte, immer noch einen Brief mit einem herzlichen Dankeschön geschrieben hätten.«

»Du siehst also, das heutige System des Dankes ist genauso oberflächlich und konventionell wie die Sache mit dem Antwortschein, nur zehnmal lästiger und hirnverbrannter.«

»Dein Plan würde uns das Ideal eines glücklichen Weihnachtsfests sicher ein Stück näher bringen«, sagte Janetta.

»Es gibt natürlich Ausnahmen, wo dies nicht so gut ist«, sagte Egbert. »Ich denke da an Leute, die wirklich versuchen, einen Hauch von Realität in ihre Dankesbriefe zu bringen, wie Tante Susan zum Beispiel, die schreibt:«

'Vielen Dank für den Schinken; er schmeckt nicht so gut wie der, den du letztes Jahr geschickt hast, der auch nicht besonders gut war. Schinken sind nicht mehr das, was er einmal war.'

»Es wäre schade, wenn sie so auf ihre Weihnachtskommentare verzichten müsste, aber dieser Verlust würde durch den allgemeinen Gewinn aufgewogen werden.«

»In der Zwischenzeit«, sagte Janetta, »was soll ich jetzt den Froplinsons sagen?«

NAMENSTAG

Abenteuer, so sagt das Sprichwort, sind für die Abenteuerlustigen. Genauso oft sind sie es aber auch für die Nicht-Abenteuerlustigen, für die Zurückhaltenden, für die von Natur aus Schüchternen.

John James Abbleway war von Natur aus so veranlagt, dass er die Intrigen der Carlisten, die christlichen Aktionen in den Armenvierteln, das Aufspüren verwundeter Wildtiere und das Einbringen feindlicher Änderungsanträge in politischen Versammlungen instinktiv mied. Wäre er einem verrückten Hund oder einem 'verrückten Mullah' begegnet, hätte er, ohne zu zögern, kapituliert.

In der Schule hatte er sich widerwillig gründliche Kenntnisse der deutschen Sprache angeeignet, aus Respekt vor den eindringlich geäußerten Wünschen eines Fremdsprachenlehrers, der zwar moderne Fächer unterrichtete, seine Lektionen aber mit altmodischen Methoden vorantrieb.

Es war diese erzwungene Vertrautheit mit einer wichtigen Handelssprache, die Abbleway in späteren Jahren in fremde Länder führte, wo Abenteuer weniger leicht zu vermeiden waren als in der geordneten Atmosphäre einer englischen Stadt auf dem Lande.

Die Firma, für die er arbeitete, hatte sich eines Tages entschlossen, ihn auf eine nüchterne Geschäftsreise in die ferne Stadt Wien zu schicken, und nachdem sie ihn dorthin geschickt hatte, behielten sie ihn auch dort, immer noch mit eintönigen Handelsgeschäften beschäftigt, aber mit der Möglichkeit von Romantik und Abenteuer oder sogar Missgeschicken, die ihm dort begegnen könnten.

Nach zweieinhalb Jahren im Exil gab es für John James Abbleway jedoch nur ein einziges gefährliches Unterfangen, und das war von einer Art, die ihn mit Sicherheit früher oder später sowieso eingeholt hätte, selbst wenn er ein behütetes Leben zu Hause in Dorking oder Huntingdon geführt hätte, denn er verliebte sich in ein liebenswürdiges englisches Mädchen, die Schwester eines seiner Geschäftskollegen.

Er hatte sie bei einer ihrer kurzen Auslandsreisen getroffen, auf der sie ihren Geist bereichern wollte, und schon bald wurde er offiziell der junge Mann, mit dem sie verlobt war.

In zwölf Monaten sollte sie in eine Stadt in den englischen Midlands umziehen und Mrs John Abbleway werden. Zu diesem Zeitpunkt würde die Firma, bei der John James angestellt war, seine Anwesenheit in der österreichischen Hauptstadt nicht mehr benötigen.

Anfang April, zwei Monate nach Abbleways Bestätigung als der junge Mann, mit dem Miss Penning verlobt war, erhielt er einen Brief von ihr, den sie aus Venedig geschrieben hatte.

Sie reiste immer noch unter den Fittichen ihres Bruders, und da dieser geschäftlich für ein oder zwei Tage nach Fiume [italienischer Name für Rijeka, damals Teil von Österreich-Ungarn] musste, hatte sie die Idee, dass es doch ganz amüsant wäre, wenn John sich Urlaub nehmen und an die Adria fahren würde, um sie zu treffen.

Sie hatte sich die Strecke auf der Landkarte angesehen, und die Reise schien nicht teuer zu werden. Zwischen den Zeilen ihrer Mitteilung lag die Andeutung, dass, wenn er wirklich an ihr interessiert wäre –

Abbleway ließ sich beurlauben und fügte den Abenteuern seines Lebens eine Reise nach Fiume hinzu. Er verließ Wien an einem kalten, freudlosen Tag. Die Blumenläden waren voll von Frühlingsblumen, und die wöchentlichen Magazine des illustrierten Humors waren voll von Frühlingsthemen, aber der Himmel war schwer von Wolken, die aussahen wie Watte, die lange in einem Schaufenster gelegen hatte.

»Der Schnee kommt«, sagte der Zugführer zu dem Beamten am Bahnhof, und sie waren sich einig, dass der Schnee kommen würde, und er kam – schnell und reichlich.

Der Zug war noch keine Stunde unterwegs, als sich die Wattewolken in einen düsteren Schneeregen aufzulösen begannen. Die Bäume in den Wäldern beiderseits der Strecke waren bald mit einer schweren weißen Decke überzogen und die Telegrafendrähte verwandelten sich in dicke, glitzernde Seile. Die Gleise selbst wurden immer mehr unter einer Schneedecke begraben, durch die sich die leistungsschwache Lokomotive mit zunehmender Mühe hindurchkämpfte.

Die Strecke Wien-Fiume ist nicht gerade die bestausgerüstete der österreichischen Staatsbahnen, und Abbleway begann ernsthaft zu befürchten, dass es zu einer Panne kommen würde, und so kam es auch:

Der Zug verlangsamte sich zu einer mühsamen und heiklen Kriechfahrt und kam bald an einer Stelle zum Stehen, wo sich der Schnee zu einem gewaltigen Hindernis aufgetürmt hatte. Die Lokomotive bemühte sich und konnte das Hindernis durchbrechen, aber nach weiteren zwanzig Minuten wurde der Zug wieder aufgehalten.

Erneut gelang der Durchbruch, und der Zug setzte seinen Weg beharrlich fort, wobei er immer wieder auf neue Hindernisse stieß und diese überwinden musste, aber nach einem ungewöhnlich langen Stillstand in einer besonders tiefen Schneewehe spürte man in dem Waggon, in dem Abbleway saß, ein gewaltiges Rucken und Schlingern, und dann schien er endgültig stillzustehen.

Zweifellos bewegten sie sich nicht mehr, und doch hörte er das Schnaufen der Lokomotive und das langsame Rumpeln der Räder.

Das Schnaufen und Rumpeln wurde immer leiser, als würde sie mit zunehmender Entfernung schwächer. Abbleway stieß plötzlich einen empörten Schrei aus, öffnete das Fenster und sah hinaus in den Schneesturm.

Die Flocken setzten sich auf seine Wimpern und trübten seine Sicht, aber er sah genug, um zu erkennen, was geschehen war: Die Lokomotive hatte sich mit einem gewaltigen Satz durch Schneewehe gedrückt und war fröhlich vorwärtsgefahren, frei von der Last des hinteren Wagens, dessen Kupplung unter der Belastung gerissen war.

Abbleway war allein, oder fast allein, in einem abgekoppelten Eisenbahnwaggon, mitten in einem steirischen oder kroatischen Wald.

Im Abteil der dritten Klasse, neben seinem, erinnerte er sich, eine Bäuerin gesehen zu haben, die an einer kleinen Nebenstation in den Zug eingestiegen war. 'Abgesehen von dieser Frau', sagte er dramatisch zu sich selbst, 'sind die nächsten Lebewesen wahrscheinlich ein Rudel Wölfe'.

Bevor sich Abbleway zum Abteil der dritten Klasse begab, um seine Mitreisende über das Ausmaß der Katastrophe zu informieren, überlegte er noch schnell, welche Nationalität die Frau haben könnte. Er hatte während seines Aufenthaltes in Wien einige slawische Sprachen gelernt und fühlte sich in der Lage, mehrere ethnische Möglichkeiten in Betracht zu ziehen.

'Wenn sie Kroatin, Serbin oder Bosnierin ist, werde ich sie verstehen', nahm er sich vor. 'Wenn sie Ungarin ist, dann gnade mir Gott! Dann müssen wir uns durch Zeichen verständigen.'

Er betrat das Abteil und machte seine folgenschwere Ankündigung in der besten Annäherung an die kroatische Sprache, die er zuwege bringen konnte: »Die Lokomotive hat sich losgerissen und hat uns zurückgelassen!«

Die Frau schüttelte den Kopf mit einer Bewegung, die vielleicht die Resignation vor dem Willen des Himmels ausdrücken sollte, wahrscheinlich aber Unverständnis bedeutete. Abbleway wiederholte seine Informationen mit slawischen Sprachvariationen und reichlich Pantomime.

»Ach«, sagte die Frau schließlich in deutscher Sprache, »der Zug ist weg? Wir sind zurückgeblieben. Ach, so.« Sie wirkte ungefähr so interessiert, als hätte Abbleway ihr das Ergebnis der Kommunalwahlen in Amsterdam mitgeteilt: »Sie werden es schon an irgendeinem Bahnhof herausfinden«, sagte sie. »Und wenn die Strecke schneefrei ist, schicken sie eine Lok. So etwas passiert manchmal.«

»Wir werden vielleicht die ganze Nacht hier sein«, rief Abbleway aus.

Die Frau nickte, als ob sie es für möglich hielt.

»Gibt es in dieser Gegend Wölfe?«, fragte Abbleway hastig.

»Viele«, sagte die Frau, »gleich außerhalb dieses Waldes wurde vor drei Jahren meine Tante gefressen, als sie vom Markt nach Hause kam. Auch das Pferd und ein junges Schwein, das auf dem Wagen war, wurden gefressen. Das Pferd war sehr alt, aber es war ein wunderschönes junges Schwein, ach, so fett. Ich habe geweint, als ich hörte, dass es getötet worden ist. Sie verschonen nichts.«

»Sie könnten uns hier angreifen«, sagte Abbleway zitternd, »sie könnten leicht einbrechen, diese Wagons sind wie Streichhölzer. Wir könnten beide verschlungen werden.«

»Sie vielleicht«, sagte die Frau ruhig, »aber ich nicht.«

»Warum Sie nicht?«, fragte Abbleway.

»Heute ist der Tag der Heiligen Maria Kleaphae, mein Namenstag. Sie würde nicht zulassen, dass ich an ihrem Tag von Wölfen gefressen werde. So etwas wäre nicht denkbar. Sie, ja, aber nicht ich.«

153

Abbleway wechselte das Thema: »Es ist erst Nachmittag; wenn wir bis zum nächsten Morgen hierbleiben müssen, werden wir verhungern.«

»Ich habe einige schöne Sachen zum Essen bei mir«, sagte die Frau ruhig; »an meinem Festtag ist es natürlich, dass ich Proviant dabei habe. Ich habe fünf gute Blutwürste; in den Läden in der Stadt kosten sie fünfundzwanzig Heller das Stück. In den städtischen Geschäften ist alles teurer.«

»Ich gebe Ihnen fünfzig Heller pro Stück für ein paar von ihnen«, sagte Abbleway mit einiger Begeisterung.

»Bei einem Eisenbahnunfall werden die Dinge erst recht sehr teuer«, sagte die Frau, »diese Blutwürste kosten hier vier Kronen pro Stück.«

»Vier Kronen!«, rief Abbleway aus; »vier Kronen für eine Blutwurst!«

»Sie können sie in diesem Zug nicht billiger bekommen«, sagte die Frau mit unerbittlicher Logik, »weil es keine anderen zu kaufen gibt. In Agram [heutiger Name Zagreb] kann man sie billiger kaufen, und im Paradies wird man sie Ihnen zweifellos umsonst geben, aber hier kosten sie vier Kronen pro Stück.«

»Ich hätte noch ein kleines Stück Emmentaler Käse und einen Honigkuchen und ein Stück Brot, die ich Ihnen geben kann«, fügte sie hinzu. »Das macht weitere drei Kronen, also insgesamt elf Kronen. Ein Stück Schinken ist auch noch da, aber das kann ich Ihnen an meinem Namenstag nicht geben.«

Abbleway fragte sich, welchen Preis sie wohl für den Schinken ansetzen würde, und beeilte sich, ihr die elf Kronen zu zahlen, bevor ihr Not-Zoll sich zu einem Hungertarif ausweitete.

Als er seinen bescheidenen Vorrat an Essbarem in Besitz nahm, hörte er plötzlich ein Geräusch, das sein Herz in einem schrecklichen Fieber der Angst pochen ließ. Es war ein Kratzen und Scharren, als ob ein Tier oder mehrere Tiere versuchen würden, auf das Trittbrett zu klettern. Im nächsten Moment sah er durch das schneebedeckte Glas des Abteils einen hageren, stachelohrigen Kopf mit klaffendem Kiefer, heraushängender Zunge und blitzenden Zähnen; eine Sekunde später schoss ein weiterer Kopf empor.

»Es sind Hunderte von ihnen«, flüsterte Abbleway, »sie haben uns gewittert. Sie werden den Waggon in Stücke reißen. Wir werden verschlungen werden.«

»Ich nicht, an meinem Namenstag. Die Heilige Maria Kleophae würde es nicht zulassen«, sagte die Frau mit provozierender Ruhe.

Die Köpfe verschwanden wieder vom Fenster, und eine unheimliche Stille legte sich über den belagerten Waggon.

Abbleway rührte sich nicht und sprach nicht. Vielleicht hatten die Bestien die menschlichen Insassen des Wagens nicht bemerkt und waren zu einem anderen Raubzug aufgebrochen.

Langsam vergingen die langen, quälenden Minuten.

»Es wird kalt«, sagte die Frau plötzlich und ging zum anderen Ende des Waggons, wo die Köpfe aufgetaucht waren: »Der Heizapparat funktioniert nicht mehr. Sehen Sie, da drüben hinter den Bäumen ist ein Schornstein, aus dem Rauch aufsteigt. Es ist nicht sehr weit, es hat fast aufgehört zu schneien. Ich werde nicht bis zur nächsten Station mitfahren, sondern eine Abkürzung durch den Wald zu diesem Haus nehmen.«

»Aber die Wölfe!«, rief Abbleway aus, »sie könnten –«

»Nicht an meinem Namenstag«, sagte die Frau hartnäckig, und bevor er sie aufhalten konnte, hatte sie die Tür geöffnet und kletterte in den Schnee hinunter.

Einen Augenblick später verbarg er sein Gesicht in den Händen; zwei hagere Bestien stürzten aus dem Wald auf sie zu.

Zweifellos hatte sie ihr Schicksal selbst herbeigeführt, aber Abbleway wollte nicht sehen, wie ein Mensch vor seinen Augen in Stücke gerissen und verschlungen wurde. Als er endlich hinsah, ergriff ihn ein neues Gefühl des empörten Erstaunens. Er war in einer englischen Kleinstadt streng erzogen worden und war nicht darauf vorbereitet, Zeuge eines Wunders zu werden. Die Wölfe taten der Frau nichts Schlimmeres an, als sie mit Schnee zu überschütten, während sie um sie herumtollten.

Ein kurzes, freudiges Bellen verriet ihm den entscheidenden Hinweis auf die Situation: »Sind das – Hunde?«, rief er ihr schwach hinterher.

»Ja, das sind die Hunde meines Vetters Karl«, antwortete sie, »das da drüben hinter den Bäumen ist sein Gasthaus. Ich wusste, dass es dort in der Nähe ist, aber ich wollte Sie nicht mitnehmen; er ist immer so habgierig bei Fremden. Aber wurde mir zu kalt, um im Zug zu bleiben.«

»Ach, ach, sehen Sie mal, was da kommt!«

Ein Pfiff ertönte. Eine Hilfslokomotive tauchte auf und schnaubte mürrisch durch den Schnee.

Abbleway bekam keine Gelegenheit mehr, herauszufinden, ob Karl wirklich so habgierig war.

DIE RUMPELKAMMER

Um ihnen eine besondere Freude zu bereiten, sollten die Kinder zu den Stränden von Jagborough gefahren werden, aber Nicholas durfte nicht mit; er war in Ungnade gefallen. Am Morgen hatte er sich geweigert, sein gesundes Frühstück aus Brot und Milch zu essen, mit der scheinbar leichtsinnigen Begründung, es sei ein Frosch drin.

Ältere, weisere und bessere Leute hatten ihm gesagt, dass unmöglich ein Frosch in seiner Milch wäre und dass er keinen Unsinn reden solle. Dennoch redete er in dieser höchst unsinnigen Weise weiter, und beschrieb in vielen Einzelheiten die Färbung und die Eigenschaften des angeblichen Frosches.

Das Dramatische an dem Vorfall war, dass sich in Nicholas' Milchschüssel tatsächlich ein Frosch befand. Er hatte ihn selbst hineingetan und fühlte sich daher berechtigt, darüber zu diskutieren.

Die Sünde, einen Frosch aus dem Garten zu nehmen und ihn in eine Schüssel mit gesunder Milch und Brot zu legen, wurde ausführlich erörtert, doch es blieb die

Tatsache, die bei der ganzen Angelegenheit am deutlichsten hervortrat: Die Älteren, Weisen und Besseren hatten sich in einer Sache gründlich geirrt, über die sie sich sehr sicher waren.

»Ihr habt gesagt, dass es unmöglich ist, dass ein Frosch in meiner Milch ist, aber es war ein Frosch in meiner Milch«, wiederholte er mit der Beharrlichkeit eines geschickten Taktikers, der nicht die Absicht hat, ein für ihn günstiges Terrain zu verlassen.

Jedenfalls würden sein Cousin und seine Cousine sowie sein eher uninteressanter jüngerer Bruder an diesem Nachmittag an den Strand von Jagborough fahren, und er sollte zu Hause bleiben.

Die Tante seiner Cousins, die darauf bestand, sich in einer ungerechtfertigten Ausdehnung ihrer Fantasie auch als seine Tante zu bezeichnen, hatte sich die Jagborough-Expedition in aller Eile ausgedacht, um Nicholas die Freuden vor Augen zu führen, die er durch sein unwürdiges Verhalten am Frühstückstisch zu Recht verwirkt hatte.

Es war eine Angewohnheit von ihr, jedes Mal, wenn eines der Kinder in Ungnade fiel, etwas mit Festcharakter zu improvisieren, von dem der Übeltäter rigoros ausgeschlossen werden sollte; und wenn einmal alle Kinder gemeinsam sündigten, wurden sie augenblicklich über einen Zirkus in einer benachbarten Stadt informiert, einen Zirkus von unübertroffenem

Berühmtheit und ungezählten Elefanten, zu dem man sie, wenn sie nicht so verdorben wären, noch am selben Tag gebracht hätte.

Man hatte eigentlich erwartet, dass Nicholas bei der Abfahrt der Ausflügler ein paar anständige Tränen vergießen würde, aber die Tränen wurden von seiner Cousine vergossen, die sich beim Einsteigen in die Kutsche schmerzhaft das Knie an der Stufe aufschürfte.

»Wie sie geheult hat«, sagte Nicholas fröhlich, als die Gruppe nicht in der Hochstimmung losfuhr, die sie hätte auszeichnen sollen.

»Das wird sie bald überwinden«, sagte die sogenannte Tante, »es wird ein herrlicher Nachmittag, und sie können über diesen schönen Sand laufen. Wie viel Spaß sie haben werden!«

»Bobby wird sich nicht sehr amüsieren, und er wird auch nicht viel laufen«, sagte Nicholas mit einem grimmigen Lachen, »seine Stiefel tun ihm weh. Sie sind zu eng für ihn.«

»Warum hat er mir nicht gesagt, dass sie ihm wehtun?«, fragte die Tante etwas bissig.

»Er hat es dir zweimal gesagt, aber du hast nicht zugehört. Du hörst oft nicht zu, wenn wir dir wichtige Dinge sagen.«

»So, jetzt darfst du auch nicht in den Stachelbeergarten gehen«, sagte die Tante und wechselte das Thema.

»Warum nicht?«, fragte Nicholas.

»Weil du in Ungnade gefallen bist«, sagte die Tante schnippisch.

Nicholas ließ die Fehlerhaftigkeit dieser Argumentation nicht gelten; er fühlte sich durchaus in der Lage, gleichzeitig in Ungnade und in einem Stachelbeergarten zu sein.

Sein Gesicht bekam einen Ausdruck von großer Hartnäckigkeit, und seine Tante wusste sofort, dass er entschlossen war, in den Stachelbeergarten zu gehen, 'nur', wie sie sich sagte, 'weil ich es ihm verboten habe'.

Der Stachelbeergarten hatte zwei Eingangstore, durch die man ihn betreten konnte, und wenn eine kleine Person wie Nicholas einmal hineingeschlüpft war, konnte er gut zwischen dem schützenden Gewächs von Artischocken, Himbeersträuchern und Obststräuchern verschwinden.

Eigentlich hatte die Tante an diesem Nachmittag viele andere Dinge zu tun, aber sie verbrachte absichtlich ein oder zwei Stunden mit banalen Gartenarbeiten zwischen Blumenbeeten und Sträuchern, von wo aus sie die beiden Türen, die in das verbotene Paradies führten, im Auge behalten konnte. Sie war eine Frau mit wenig Fantasie, aber von einer ungeheuren Beobachtungsgabe.

Nicholas unternahm ein oder zwei Ausflüge in den Vorgarten, schlich sich scheinbar heimlich zu der einen oder anderen Tür, konnte sich aber keinen Augenblick den wachsamen Augen seiner Tante entziehen, doch in Wirklichkeit hatte er gar nicht die Absicht, den Stachelbeergarten zu betreten, es kam ihm nur sehr gelegen, dass seine Tante glaubte, er wolle es, und so verbrachte sie den größten Teil des Nachmittags mit ihrer selbst auferlegten Wache.

Nachdem Nicholas ihren Verdacht gründlich bestätigt und bestärkt hatte, schlich er zurück ins Haus und setzte rasch einen Plan in die Tat um, der schon lange in seinem Kopf keimte:

Wenn man sich in der Bibliothek auf einen Stuhl stellte, konnte man ein Regal erreichen, auf dem ein großer, wichtig aussehender Schlüssel lag. Der Schlüssel war so wichtig, wie er aussah; er war das Instrument, das die Geheimnisse der Rumpelkammer vor unbefugtem Eindringen schützte und nur Tanten und ähnlich privilegierten Personen den Weg öffnete.

Nicholas hatte noch nicht viel Erfahrung in der Kunst, Schlüssel in Schlüssellöcher zu stecken und im Schloss zu drehen, aber seit einigen Tagen hatte er mit dem

Schlüssel der Schulzimmertür geübt. Er wollte sich nicht zu sehr auf Glück und Zufall verlassen.

Der Schlüssel drehte sich schwergängig im Schloss, aber er ließ sich drehen. Die Tür öffnete sich, und Nicholas befand sich in einem unbekannten Land, gegen das der Stachelbeergarten ein vergleichsweise schales Vergnügen war – eine rein alltägliche Freude.

Immer und immer wieder hatte Nicholas sich ausgemalt, wie es in der Rumpelkammer wohl sein mochte, dieser Ort, der vor den Augen der Jugend so sorgfältig verschlossen war und zu dem nie Fragen beantwortet wurden.

Sie entsprach seinen Erwartungen: Erstens war sie groß und schwach beleuchtet, da ein hohes Fenster, das auf den verbotenen Garten hinausging, die einzige Lichtquelle war. Zweitens war es ein Lager mit ungeahnten Schätzen. Die Tante gehörte zu denjenigen Menschen, die glauben, dass Dinge durch Gebrauch verderben, und sie deshalb lieber Staub und Feuchtigkeit aussetzen, um sie zu erhalten.

Die Teile des Hauses, die Nicholas am besten kannte, waren eher kahl und trostlos, aber hier gab es wunderbare Dinge, an denen sich das Auge erfreuen konnte. Das Erste war ein gerahmter Wandteppich, der offensichtlich als Kaminschirm gedacht war.

Für Nicholas war es eine lebendige, atmende Geschichte. Er setzte sich auf eine Rolle indianischer Wandbehänge, die unter einer Staubschicht in wunderbaren Farben leuchteten, und nahm jedes Detail des Wandteppichs in sich auf:

Ein Mann in der Jagdtracht einer längst vergangenen Zeit hatte soeben einen Hirsch mit einem Pfeil durchbohrt – doch es konnte kein schwieriger Schuss gewesen sein, denn der Hirsch war nur einen oder zwei Schritte von ihm entfernt. In der dichten Vegetation, die das Bild andeutete, wäre es nicht schwierig gewesen, sich an einen äsenden Hirsch heranzuschleichen, und die beiden gefleckten Hunde, die vorspringen wollten, um sich an der Jagd zu beteiligen, waren offensichtlich darauf trainiert, bei Fuß zu bleiben, bis der Pfeil abgeschossen war.

Dieser Teil des Bildes war einfach, wenn auch interessant, aber sah der Jäger auch, was Nikolaus sah – dass vier Wölfe durch den Wald galoppierten und auf ihn zukamen? Vielleicht waren es mehr als vier, die sich hinter den Bäumen versteckten, und würden der Mann und seine Hunde in jedem Fall mit den vier Wölfen fertig werden, wenn sie von ihnen angegriffen würden?

Der Mann hatte nur noch zwei Pfeile im Köcher und er könnte zudem mit einem oder beiden danebenschießen. Alles, was man über seine Schießkünste wusste, war, dass er einen großen Hirsch auf eine lächerlich kurze Entfernung treffen konnte.

Nicholas saß viele goldene Minuten lang da und dachte über die Möglichkeiten der Szene nach; er war geneigt, zu glauben, dass es mehr als vier Wölfe gab und dass der Mann und seine Hunde in eine enge Ecke gedrängt worden waren.

Aber es gab noch andere interessante Gegenstände, die seine Aufmerksamkeit erregten:

Seltsame gedrehte Kerzenständer in Form von Schlangen und eine Teekanne, die wie eine Porzellanente geformt war, aus deren offenem Schnabel der Tee kommen sollte. Wie langweilig und unförmig wirkte im Vergleich dazu die Teekanne aus dem Kinderzimmer!

Und dann war da noch ein geschnitztes Kästchen aus Sandelholz, dicht mit duftender Watte ausgekleidet, und zwischen den Wattelagen befanden sich kleine Messingfiguren, bucklige Stiere, Pfauen und Kobolde, entzückend anzusehen und anzufassen.

Ein großes, quadratisches Buch mit einem schlichten schwarzen Einband sah zunächst weniger vielversprechend aus.

Nicholas warf einen Blick hinein, und siehe da, es war voll mit bunten Vogelbildern. Und was für Vögel! Im Garten und in den Gassen, wenn Nicholas spazieren ging, begegnete er einigen Vögeln, von denen die größten manchmal eine Elster oder eine Ringeltaube waren. Aber hier gab es Reiher und Trappen, Milane, Tukane, gefleckte Rohrdommeln, Buschhühner, Ibisse, Goldfasane – eine ganze Galerie von Porträts unerwarteter Wesen.

Und als er gerade die Färbung der Mandarinente bewunderte und über ihre Lebensgeschichte nachdachte, ertönte aus dem Stachelbeergarten die Stimme seiner Tante, die schrill seinen Namen rief.

Sein langes Verschwinden hatte sie misstrauisch gemacht, und sie war zu dem Schluss gekommen, dass er hinter dem schützenden Schirm der Fliederbüsche über die Mauer geklettert war. Nun suchte sie energisch und ziemlich verzweifelt zwischen Artischocken und den Himbeersträuchern nach ihm.

»Nicholas, Nicholas, du musst sofort rauskommen. Es ist sinnlos, sich dort zu verstecken, ich kann dich die ganze Zeit sehen«, rief sie ...

... es war wahrscheinlich das erste Mal seit zwanzig Jahren, dass jemand in dieser Rumpelkammer gelächelt hatte, doch die wütenden Wiederholungen von Nicholas' Namen wichen bald einem Schrei und dem Ruf, dass schnell jemand kommen solle.

Nicholas klappte das Buch zu, legte es vorsichtig in eine Ecke zurück. Zur Sicherheit verteilte er etwas Staub von einem daneben liegenden Zeitungsstapel darüber.

Dann schlich er aus dem Zimmer, schloss die Tür ab und legte den Schlüssel wieder genau dort hin, wo er ihn gefunden hatte.

Seine Tante rief noch immer seinen Namen, als er in den Vorgarten schlenderte.

»Wer ruft denn da?«, fragte er.

»Ich«, kam die Antwort von der anderen Seite der Mauer in einer fremd und hohl klingenden Stimme.

»Hast du mich nicht gehört? Ich habe dich im Stachelbeergarten gesucht und dabei bin in den Regenwassertank gerutscht. Zum Glück ist kein Wasser drin, aber der Rand ist glitschig und ich komme nicht mehr heraus. Hol die kleine Leiter unter dem Kirschbaum – «

»Man hat mir gesagt, ich soll nicht in den Stachelbeergarten gehen«, sagte Nicholas sofort.

»Ich habe dir gesagt, dass du es nicht tun sollst, und jetzt sage ich dir, dass du es darfst«, kam die etwas ungeduldige Stimme aus dem Regenwassertank.

»Deine Stimme klingt nicht wie die der Tante«, wandte Nicholas ein, »du könntest das Böse sein, das mich immer zum Ungehorsam verleitet. Die Tante sagt mir oft, dass das Böse mich in Versuchung führt und ich immer nachgebe. Dieses Mal werde ich nicht nachgeben.«

»Rede keinen Unsinn«, kam die fremd klingende Stimme der Gefangenen in der Zisterne, »geh und hole die Leiter.«

»Gibt es Erdbeermarmelade zum Tee?«, fragte Nicholas unschuldig.

»Sicherlich«, sagte die Tante, die sofort insgeheim beschloss, dass Nicholas nichts davon haben sollte.

»Jetzt weiß ich, dass du das Böse bist und nicht die Tante«, rief Nicholas vergnügt.

»Als wir die Tante gestern nach Erdbeermarmelade fragten, sagte sie, es gäbe keine. Ich weiß aber, dass vier Gläser im Vorratsschrank stehen, weil ich nachgesehen habe, und du weißt natürlich, dass sie dort sind, aber sie weiß es nicht, weil sie gesagt hat, es gäbe keine. Oh, Teufel, du hast dich zu erkennen gegeben!«

Es war ein ungewöhnliches Gefühl von Luxus, mit einer Tante zu sprechen, als würde man mit dem Bösen reden, aber Nicholas wusste mit kindlichem Verstand, dass man sich solchen Luxus nicht zu sehr gönnen sollte. Also ging er geräuschvoll davon, und es war ein Küchenmädchen auf der Suche nach Petersilie, das die Tante schließlich aus dem Regenwasserbecken rettete.

An diesem Abend wurde der Tee in unheimlicher Stille eingenommen. Die Flut war am höchsten gewesen, als die Kinder in der Bucht von Jagborough ankamen, und es gab keinen Sand zum Spielen – ein Umstand, den die Tante in der Eile ihrer Strafexpedition übersehen hatte. Bobbys enge Stiefel drückten den ganzen Nachmittag auf seine Laune, und im Großen und Ganzen konnte man nicht behaupten, dass die Kinder Spaß gehabt hätten.

Die Tante verharrte in der eisigen Stummheit eines Menschen, der fünfunddreißig Minuten lang würdelos und unverdient in einem Regenwassertank festgehalten wurde.

Auch Nikolaus schwieg, wie jemand, der viel nachzudenken hat. Er hielt es für möglich, dass der Jäger mit seinen Hunden entkommen würde, während sich die Wölfe an dem angeschlagenen Hirsch gütlich taten.

DER PELZ

»Du siehst besorgt aus, Liebes«, sagte Eleanor.

»Ich bin besorgt«, gab Suzanne zu, »nicht wirklich besorgt, aber ängstlich. Ich habe nämlich nächste Woche Geburtstag – «

»Du Glückliche«, unterbrach Eleanor, »mein Geburtstag ist erst Ende März.«

»Nun, der alte Bertram Kneyght ist gerade von Argentinien nach England zurückgekommen. Er ist eine Art entfernter Cousin meiner Mutter und so unermesslich reich, dass wir die Beziehung nie aus den Augen verloren haben. Selbst wenn wir ihn jahrelang nicht sehen oder von ihm hören ist er immer noch Cousin Bertram, wenn er auftaucht.«

»Ich kann nicht behaupten, dass er uns jemals von großem Nutzen war, aber gestern kam das Thema meines Geburtstags auf, und er bat mich, ihm mitzuteilen, was ich mir für ein Geschenk wünsche.«

»Jetzt verstehe ich die Besorgnis«, bemerkte Eleanor.

»Wenn man mit einem solchen Problem konfrontiert wird«, sagte Suzanne, »verschwinden in der Regel alle Ideen; man scheint keinen Wunsch mehr zu haben.«

»Nun ist es so, dass ich mich sehr für eine kleine Dresdner Figur interessiere, die ich irgendwo in Kensington gesehen habe; sie kostet etwa sechsunddreißig Schilling, was meine Mittel übersteigt.«

»Ich war schon fast dabei, die Figur zu beschreiben und Bertram die Adresse des Ladens zu geben, und dann fiel mir plötzlich ein, dass sechsunddreißig Schilling für einen Mann mit seinem immensen Reichtum eine lächerlich unzureichende Summe für ein Geburtstagsgeschenk ist. Er könnte sechsunddreißig Pfund so leicht verschenken, wie du oder ich einen Strauß Veilchen kaufen könnten.«

»Ich will natürlich nicht gierig sein, aber ich mag es nicht, Gelegenheiten zu verschwenden.«

»Die Frage ist«, sagte Eleanor, »was sind seine Vorstellungen vom Schenken? Einige der reichsten Menschen haben seltsam verkrampfte Ansichten zu diesem Thema. Wenn die Menschen allmählich reich werden, steigen ihre Ansprüche und ihr Lebensstandard im gleichen Maße, während ihr Geschenkinstinkt oft in dem unentwickelten Zustand ihrer früheren Tage bleibt.«

»Etwas Auffälliges, aber nicht allzu Teures in einem Geschäft ist ihre einzige Vorstellung vom idealen Geschenk. Deshalb sind selbst in guten Geschäften die Theken und Schaufenster voll mit Dingen, die etwa vier Schilling wert sind. Sie sehen aus, als wären sie sieben und sechs wert und werden für zehn Schilling angeboten und sind als Ausverkaufsgeschenke gekennzeichnet.«

»Ich weiß«, sagte Suzanne, »deshalb ist es so riskant, bei der Angabe der eigenen Wünsche vage zu bleiben.«

»Wenn ich ihm jetzt sage: 'Ich fahre diesen Winter nach Davos', dann wäre alles, was mit Reisen zu tun hat, akzeptabel. Er könnte mir dann einen Morgenmantel mit Goldbeschlägen schenken, aber andererseits könnte er mir auch den Baedeker-Reiseführer Schweiz oder das Buch 'Skifahren ohne Tränen' oder etwas in der Art geben.«

»Ich denke, er würde eher sagen: 'Sie wird auf viele Tänze gehen, da wird ein Fächer sicher nützlich sein'«, sagte Eleanor.

»Ja, und ich habe eine Menge Verehrer.«

»Du siehst also, wo die Gefahr und die Angst liegt. Wenn es etwas gibt, was ich unbedingt haben möchte, dann sind es Pelze. Ich habe einfach keine. Man hat mir gesagt, dass Davos voller Russen ist, und die tragen sicher die schönsten Zobel und andere Dinge. Unter

Menschen zu sein, die in Pelze gehüllt sind, wenn man selbst keine hat, bringt einen dazu, die meisten der Heiligen Gebote zu brechen.«

»Wenn du auf Pelze aus bist«, sagte Eleanor, »dann musst du aber die Auswahl persönlich überwachen. Du kannst nicht sicher sein, dass dein Cousin den Unterschied zwischen einem Silberfuchs und einem gewöhnlichen Eichhörnchen kennt.«

»Es gibt himmlische Silberfuchsstolen bei 'Goliath and Mastodon's'«, sagte Suzanne mit einem Seufzer, »wenn ich Bertram nur in das Gebäude hineinlocken könnte, um mit ihm durch die Pelzabteilung zu schlendern!«

»Er wohnt irgendwo in der Nähe, nicht wahr?«, sagte Eleanor. »Weißt du, was er für Gewohnheiten hat? Geht er zu einer bestimmten Tageszeit spazieren?«

»Wenn es ein schöner Tag ist, geht er normalerweise gegen drei Uhr hinunter zu seinem Club. Das führt ihn direkt bei Goliath und Mastodon's vorbei.«

»Lass uns zwei ihn morgen zufällig an der Straßenecke treffen«, sagte Eleanor, »wir können ein Stück mit ihm gehen, und mit etwas Glück können wir ihn in den Laden locken. Du kannst sagen, dass du ein Haarnetz oder so etwas besorgen willst.«

»Wenn wir sicher drin sind, kann ich sagen: 'Ich wünschte, du würdest mir sagen, was du dir zum Geburtstag wünschst.' Dann hast du alles griffbereit – den reichen Cousin, die Pelzabteilung und das Thema Geburtstagsgeschenke.«

»Das ist eine großartige Idee«, sagte Suzanne, »du bist wirklich ein Prachtweib. Komm morgen um zwanzig vor drei vorbei; komm nicht zu spät, wir müssen unsere hinterhältige Aktion auf die Minute genau durchführen.«

Einige Minuten vor drei Uhr am nächsten Nachmittag gingen die Pelzjäger vorsichtig auf die ausgewählte Straßenecke zu. In der Nähe erhob sich das kolossale Gebäude des berühmten Unternehmens Goliath and Mastodon's.

Der Nachmittag war strahlend schön, genau die Art von Wetter, die einen Gentleman im fortgeschrittenen Alter zu einem gemächlichen Spaziergang verleitet.

»Hör zu, meine Liebe, ich wünschte, du würdest heute Abend im Gegenzug auch etwas für mich tun«, sagte Eleanor zu ihrer Begleitung, »komm einfach nach dem Essen unter irgendeinem Vorwand vorbei, und bleibe, um mit Adela und den Tanten zu viert eine Runde Bridge zu spielen. Sonst muss ich spielen, und Harry Scarisbrooke wird gegen neun Uhr fünfzehn unerwartet kommen, und ich möchte mich unbedingt mit ihm unterhalten können, während die anderen spielen.«

»Tut mir leid, meine Liebe, das geht nicht«, sagte Suzanne. »Gewöhnliches Bridge zu drei Pence pro Hundert, mit so schrecklich langsamen Spielern wie deinen Tanten, langweilt mich zu Tode. Ich schlafe fast darüber ein.«

»Aber ich möchte vor allem die Gelegenheit haben, mit Harry zu sprechen«, drängte Eleanor, und ein zorniges Funkeln trat in ihre Augen.

»Tut mir leid, ich würde alles tun, aber das nicht«, sagte Suzanne beschwingt. Die Opfer der Freundschaft waren in ihren Augen schön, solange sie nicht selbst dazu aufgefordert wurde.

Eleanor sagte nichts weiter zu diesem Thema, aber ihre Mundwinkel verzogen sich.

»Da ist unser Mann«, rief Suzanne plötzlich aus, »beeil dich!«

Mr. Bertram Kneyght begrüßte seine Cousine und ihre Freundin mit aufrichtiger Herzlichkeit und nahm bereitwillig ihre Einladung an, das überfüllte Kaufhaus zu erkunden, das verlockend nahe bei ihnen war.

Die Glastüren schwangen auf, und das Trio stürzte sich mutig in das Gedränge von Käufern und Schaulustigen.

»Ist es hier immer so voll?«, fragte Bertram Eleanor.

»Mehr oder weniger«, antwortete sie, »und gerade jetzt ist Herbstschlussverkauf.«

Suzanne war in ihrem Bestreben, ihren Cousin in den gewünschten Zufluchtsort der Pelzabteilung zu lotsen, gewöhnlich einige Schritte vor den anderen und kam immer wieder zu ihnen zurück, wenn sie einen Moment an einem attraktiven Schalter verweilten, mit der nervösen Besorgnis einer Elternkrähe, die ihre Jungen bei ihrem ersten Flugversuch ermutigt.

»Nächsten Mittwoch hat Suzanne Geburtstag«, vertraute Eleanor Bertram Kneyght in einem Moment an, in dem Suzanne sie ungewöhnlich weit hinter sich gelassen hatte. »Ich habe einen Tag vorher Geburtstag, also sind wir beide auf der Suche nach etwas, das wir uns gegenseitig schenken können.«

»Ah«, sagte Bertram. »Vielleicht können Sie mich in diesem Punkt beraten. Ich möchte Suzanne etwas schenken, und ich habe nicht die geringste Ahnung, was sie will.«

»In dieser Hinsicht ist sie ein ziemliches Problem«, sagte Eleanor. »Sie scheint alles zu haben, was man sich vorstellen kann, ein Glückspilz, aber ein Fächer ist immer nützlich; sie wird in diesem Winter in Davos viel tanzen gehen. Ja, ich denke, ein Fächer würde ihr mehr als alles andere gefallen.«

»Wenn unsere Geburtstage vorbei sind«, fuhr sie fort, »betrachten wir gegenseitig unsere Geschenke, und ich fühle mich immer furchtbar gedemütigt. Sie bekommt so schöne Sachen, und ich habe nie etwas, das sich zu zeigen lohnt.«

»Keiner meiner Verwandten oder der Leute, die mir Geschenke machen, ist wohlhabend, also kann ich nicht erwarten, dass sie mehr tun, als mich mit einer Kleinigkeit zu beschenken.«

»Vor zwei Jahren versprach mir ein Onkel mütterlicherseits, der ein kleines Erbe angetreten hatte, eine Silberfuchsstola zu meinem Geburtstag. Ich kann Ihnen gar nicht sagen, wie sehr ich mich darüber gefreut habe, als ich mir vorstellte, wie ich damit vor all meinen Freunden und Feinden angeben würde. Dann starb genau in diesem Moment seine Frau, und man konnte von ihm, dem armen Mann, natürlich nicht erwarten, dass er zu einem solchen Zeitpunkt an Geburtstagsgeschenke denkt. Seitdem lebt er im Ausland, und ich habe meinen Pelz nie bekommen.«

»Wissen Sie, bis heute kann ich kaum ein Silberfuchspelz in einem Schaufenster oder um den Hals von jemandem sehen, ohne in Tränen auszubrechen. Ich nehme an, wenn ich niemals die Aussicht gehabt hätte, einen zu bekommen, würde ich mich nicht so fühlen.«

»Schauen Sie mal«, sagte Eleanor plötzlich, »da ist die Fächertheke zu ihrer Linken; da können Sie leicht in der Menge untertauchen. Besorgen Sie ihr den schönsten, den Sie finden können – sie ist so ein liebes, liebes Mädchen.«

»Hallo, ich dachte schon, ich hätte euch verloren«, sagte Suzanne, als sie wieder einmal zurückkam und sich einen Weg durch ein unübersichtliches Knäuel von Einkäufern bahnte. »Wo ist Bertram?«

»Ich wurde schon vor einiger Zeit von ihm getrennt. Ich dachte, er wäre mit dir unterwegs«, sagte Eleanor. »In diesem Gedränge werden wir ihn nie finden.«

Wie sich herausstellte, war dies eine wahre Vorhersage.

»Unsere ganze Mühe und Voraussicht war umsonst«, sagte Suzanne schmollend, als sie sich erfolglos durch ein halbes Dutzend Abteilungen geschoben hatten.

»Ich weiß nicht, warum du ihn nicht am Arm gepackt hast«, sagte Eleanor. »Ich hätte es getan, wenn ich ihn länger gekannt hätte, aber ich wurde ihm gerade erst vorgestellt. Es ist jetzt fast vier, wir sollten besser Tee trinken.«

Einige Tage später rief Suzanne Eleanor am Telefon an: »Vielen Dank für den Bilderrahmen. Er war genau das, was ich wollte. Das ist sehr nett von dir. Weißt du, was dieser Kneyght mir geschenkt hat? Genau das, was du vorhergesagt hast – einen elenden Fächer. Oh ja, auf seine Art ein ganz guter Fächer, aber trotzdem – «

»Du musst unbedingt kommen und sehen, was er mir geschenkt hat«, sagte Eleanor.

»Dir! Warum sollte er dir etwas schenken?«

»Dein Cousin scheint einer jener seltenen wohlhabenden Menschen zu sein, die gerne gute Geschenke machen«, kam die Antwort.

'Ich habe mich schon gefragt, warum er unbedingt wissen wollte, wo sie wohnt', sagte Suzanne zu sich selbst, als sie den Hörer auflegte.

Auf die Freundschaft der beiden jungen Frauen hatte sich eine dunkle Wolke gelegt, die für Eleanor immerhin einen Silberfuchspelz mit sich gebracht hatte.

ANSICHTSSACHE

Von all den echten Bohemiens, die sich von Zeit zu Zeit in den Möchtegern-Bohème-Kreis des Restaurants 'Nürnberg' in der Owl Street in Soho verirrten, war keiner so interessant und schwer zu fassen wie Gebhard Knopfschrank.

Knopfschrank hatte keine Freunde, und obwohl er alle Restaurantbesucher wie Bekannte behandelte, schien er nie den Wunsch zu haben, diese Bekanntschaft über die Tür hinaus zu tragen, die in die Owl Street und die Außenwelt führte. Er behandelte sie alle wie eine Marktfrau zufällig Vorbeikommende, indem sie ihre Waren zeigt, über das Wetter und die Flaute der Geschäfte plaudert, gelegentlich auch über Rheuma, aber nie den Wunsch hat, in ihr tägliches Leben einzudringen oder ihre Ambitionen zu sezieren.

Man vermutete, dass er aus einer Bauernfamilie irgendwo in Pommern stammte. Nach allem, was man über ihn wusste, hatte er vor etwa zwei Jahren die Mühen und Pflichten der Schweine- und Gänsezucht aufgegeben, um in London sein Glück als Künstler zu versuchen.

»Warum London und nicht Paris oder München?«, wurde er von Neugierigen gefragt. Nun, es gab ein Schiff, das zweimal im Monat von Stolpmünde nach London fuhr, das zwar nur wenige Passagiere beförderte, dafür aber billig war; die Eisenbahntarife nach München oder Paris waren nicht so günstig. So kam es, dass er London als Schauplatz seines großen Abenteuers auswählte.

Die Frage, welche die Gäste des 'Nürnberg' lange und ernsthaft beschäftigte, war, ob dieser Gänsehirte wirklich ein von der Seele getriebenes Genie war, das seine Flügel dem Licht entgegenstreckte, oder nur ein unternehmungslustiger junger Mann, der sich einbildete, malen zu können, und der in verzeihlicher Weise der Monotonie der Roggenbrotdiät und der sandigen, von Schweinen überfüllten Ebene Pommerns zu entfliehen suchte.

Zweifel und Vorsicht waren angebracht. Die Künstlergruppen, die sich in dem kleinen Gasthof versammelten, bestanden aus so vielen jungen Frauen mit kurzen Haaren und so vielen jungen Männern mit langen Haaren, die sich für außergewöhnlich begabt in Musik, Poesie, Malerei oder Bühnenkunst hielten, und es gab oft wenig oder nichts, was diese Annahme stützte.

Ein selbst ernanntes Genie, gleich welcher Art, war daher zwangsläufig verdächtig. Andererseits bestand immer die Gefahr, einen künstlerischen Engel vor sich zu haben und ihn unversehens zu brüskieren.

181

Da gab es den bedauerlichen Fall von Sledonti, dem dramatischen Dichter, der im 'Gerichtssaal' in der Owl Street herabgewürdigt und dem die kalte Schulter gezeigt wurde, und der dann vom Großfürsten Konstantin Konstantinowitsch als Meister gefeiert worden war.

Sylvia Strubble sagte von Letzterem, er sei 'der gebildetste der Romanoffs' und stellte sich dabei selbst so dar, als würde sie jedes einzelne Mitglied der russischen kaiserlichen Familie kennen, doch eigentlich kannte sie nur einen Zeitungskorrespondenten, einen jungen Mann, der Bortsch so aß, als hätte er ihn erfunden.

Sledontis 'Gedichte von Tod und Leidenschaft' waren inzwischen zu Tausenden in sieben europäischen Sprachen verkauft worden und standen kurz vor der Übersetzung ins Syrische, ein Umstand, der die scharfsinnigen Kritiker vom 'Nürnberg' davor zurückschrecken ließ, ihre künftigen Urteile zu schnell und zu unwiderruflich zu fällen.

Was Knopfschranks Arbeiten anbelangte, so fehlte es nicht an Gelegenheiten, sie zu begutachten und zu beurteilen. So sehr er sich auch vom gesellschaftlichen Leben seiner Restaurantbekanntschaften fernhielt, so wenig wollte er seine künstlerischen Leistungen vor ihren neugierigen Blicken verbergen.

Jeden oder fast jeden Abend erschien er gegen sieben Uhr, setzte sich an seinen angestammten Tisch, warf eine dicke schwarze Mappe auf den Stuhl ihm gegenüber, nickte den anderen Gästen wahllos zu und begann mit der ernsten Arbeit des Essens und Trinkens.

Nach dem Kaffee zündete er sich eine Zigarette an, zog die Mappe zu sich heran, begann in ihrem Inhalt zu wühlen, wählte nach reiflicher Überlegung einige seiner neueren Studien und Skizzen aus und reichte sie schweigend von Tisch zu Tisch weiter, wobei er seine besondere Aufmerksamkeit den neuen Gästen schenkte, die vielleicht anwesend waren. Auf der Rückseite jeder Skizze stand in deutlicher Schrift: 'Preis zehn Schilling'.

Wenn seine Werke auch nicht den Stempel des Genies trugen, so zeichneten sie sich doch durch die Wahl eines ungewöhnlichen und unveränderlichen Themas aus.

Seine Bilder stellten immer irgendeine bekannte Straße oder einen öffentlichen Platz in London dar, der dem Verfall preisgegeben und seiner menschlichen Bevölkerung beraubt war und an deren Stelle eine wilde Tierwelt umherstreifte, die aufgrund ihres Reichtums an exotischen Arten ursprünglich aus Zoologischen Gärten und reisenden Tierschauen entkommen sein musste.

'Giraffen, die an den Brunnenbecken am Trafalgar Square trinken' war eine der bemerkenswertesten und charakteristischsten seiner Studien, während das grausame Bild 'Geier, die ein sterbendes Kamel in der Upper Berkeley Street angreifen' noch mehr Aufsehen erregte.

Es gab auch Fotografien des großen Gemäldes, mit dem er schon seit einigen Monaten beschäftigt war und das er nun an einen geschäftstüchtigen Händler oder einen abenteuerlustigen Amateur zu verkaufen versuchte. Das Thema war 'Hyänen schlafend in der Euston Station' [U-Bahn Station in London], eine Komposition, die nichts zu wünschen übrig ließ, um die unergründlichen Tiefen der Trostlosigkeit zu suggerieren.

»Natürlich kann es ungeheuer klug sein, es kann etwas Epochales im Bereich der Kunst sein«, sagte Sylvia Strubble zu ihrem speziellen Zuhörerkreis, »aber andererseits kann es auch einfach verrückt sein.«

»Natürlich soll man dem kommerziellen Aspekt des Falles nicht zu viel Aufmerksamkeit schenken, aber wenn ein Händler ein Gebot für das Hyänenbild oder sogar für einige der Skizzen abgeben würde, wüssten wir besser, wie wir den Mann und sein Werk einordnen sollten.«

»Eines Tages werden wir uns wohl alle verfluchen«, sagte Mrs. Nougat-Jones, »weil wir nicht seine ganze Mappe mit Skizzen gekauft haben. Gleichzeitig hat man aber, bei so viel echtem Talent um uns herum, keine

Lust, zehn Schillinge für etwas zu bezahlen, das wie eine kleine Skurrilität aussieht.«

»Das Bild, das er uns letzte Woche zeigte, 'Sandhühner, die auf dem Albert Memorial schlafen', war sehr beeindruckend. Natürlich konnte ich sehen, dass es handwerklich gut gemacht war und eine große Bandbreite an Möglichkeiten bot, aber es vermittelte mir nicht die geringste Vorstellung vom Albert Memorial, und Sir James Beanquest sagte mir, dass Sandhühner nicht auf Stangen hockend schlafen, sondern auf dem Boden liegen.«

Welches Talent oder Genie der pommersche Künstler auch immer besitzen mochte, die kommerzielle Bestätigung blieb ihm gewiss versagt. Die Mappe blieb voller unverkaufter Skizzen, und die 'Euston Siesta', wie die Witzbolde im 'Nürnberg' das große Gemälde 'Hyänen schlafend in der Euston Station' nannten, war immer noch im Angebot.

Bald machten sich die äußeren und sichtbaren Zeichen finanzieller Verlegenheit immer stärker bemerkbar. Die halbe Flasche billigen Rotweins zum Abendessen wich einem kleinen Glas Lagerbier, das wiederum durch Wasser ersetzt wurde.

Das Abendessen für einen Shilling und einen Sixpence wurde von einem alltäglichen Ereignis zu einer sonntäglichen Extravaganz. An gewöhnlichen Tagen begnügte sich der Künstler mit einem Omelett für sieben Pence und etwas Brot und Käse, und es gab Abende, an denen er überhaupt nicht mehr erschien.

Bei den seltenen Gelegenheiten, bei denen er über seine eigene Situation sprach, wurde bemerkt, dass er begann, mehr an Pommern und weniger an die große Welt der Kunst zu denken.

»Bei uns ist jetzt viel los«, sagte er wehmütig, »die Schweine werden nach der Ernte auf die Felder getrieben und müssen versorgt werden. Ich könnte bei der Arbeit helfen, wenn ich dort wäre. Hier ist es schwer, zu leben; die Kunst wird nicht geschätzt.«

»Warum fahren Sie nicht nach Hause?«, fragte jemand, wobei er sich bemühte, seine Stimme taktvoll klingen zu lassen.

»Ach, das kostet Geld! Da ist die Schiffspassage nach Stolpmünde, und da ist das Geld, das ich meinem Vermieter noch zu zahlen habe. Selbst hier schulde ich noch ein paar Schillinge. Wenn ich nur ein paar von meinen Skizzen verkaufen könnte – «

»Vielleicht«, schlug Mrs. Nougat-Jones vor, »wenn Sie sie etwas billiger anbieten, würden einige von uns gerne ein paar kaufen. Zehn Schilling sind immer ein kritisches Nachdenken wert, wissen Sie, für Leute, denen es nicht so gut geht. Wenn Sie vielleicht sechs oder sieben Schilling verlangen würden – «

Einmal ein Bauer, immer ein Bauer. Die bloße Andeutung, dass jemand ein Schnäppchen machen wollte, ließ die Augen des Künstlers hellwach aufleuchten und die Züge seines Mundes härter werden.

»Neun Schilling und neun Pence«, schnauzte er, doch dann kam die Enttäuschung, dass Mrs. Nougat-Jones das Thema nicht weiter verfolgte. Offensichtlich hatte er erwartet, dass man ihm sieben Shilling und vier Pence anbieten würde.

Die Wochen vergingen, und Knopfschrank kam immer seltener in das Restaurant in der Owl Street, während seine Mahlzeiten bei diesen Gelegenheiten immer spärlicher wurden ...

... und dann kam ein triumphaler Tag, an dem er am frühen Abend hocherfreut erschien und ein aufwendiges Essen bestellte, das nahe an ein Bankett heranreichte.

Die gewöhnlichen Zutaten der Küche wurden durch ein importierte Delikatesse aus geräucherter Gänsebrust ergänzt, einer pommerschen Spezialität, die glücklicherweise bei einem Feinkosthändler in der Coventry Street zu bekommen war, während eine langhalsige Flasche Rheinwein dem überfüllten Tisch den letzten Schliff an Festlichkeit und guter Laune verlieh.

»Er hat offensichtlich sein Meisterwerk verkauft«, flüsterte Sylvia Strubble der spät eingetroffenen Mrs. Nougat-Jones zu.

»Wer hat es gekauft?«, flüsterte sie zurück.

»Ich weiß es nicht, er hat noch nichts gesagt, aber es muss ein Amerikaner sein. Sehen Sie doch, er hat eine kleine amerikanische Flagge auf dem Dessertteller, und er hat dreimal Pennies in die Musikbox gesteckt, einmal, um das 'Star-Spangled-Banner' [amerikanische Hymne zu offiziellen Anlässen später, im Jahre 1931 die offizielle Nationalhymne] zu spielen, dann einen Sousa-Marsch, und dann wieder das 'Star-Spangled-Banner'. Es muss ein amerikanischer Millionär gewesen sein, und er hat offensichtlich einen sehr hohen Preis dafür bezahlt. Seht doch, Knopfschrank strahlt und gluckst vor Zufriedenheit.«

»Wir müssen ihn fragen, wer es gekauft hat«, sagte Mrs. Nougat-Jones.

»Pst! Nein, nicht doch«, sagte Miss Strubble. »Lassen Sie uns erst noch schnell ein paar seiner Skizzen kaufen, bevor wir wissen, dass er berühmt ist, sonst verdoppelt er die Preise. Ich bin so froh, dass er endlich einen Erfolg hat; ich habe immer an ihn geglaubt, wissen Sie.«

Für jeweils zehn Schilling erwarb Miss Strubble die Zeichnungen des sterbenden Kamels in der Upper Berkeley Street und der Giraffen, die am Trafalgar

Square ihren Durst stillen; zum gleichen Preis sicherte sich Mrs. Nougat-Jones die Studie der schlafenden Sandhühner. Ein ehrgeizigeres Bild, 'Wölfe und Wapiti im Kampf auf den Stufen des Athenaeum Club', fand für fünfzehn Schilling einen Käufer.

»Und was haben sie jetzt vor?«, fragte ein junger Mann, der gelegentlich Beiträge für eine künstlerische Wochenzeitung schrieb.

»Ich fahre zurück nach Stolpmünde, sobald das Schiff ablegt«, sagte der Künstler, »und ich komme nicht zurück. Niemals.«

»Aber Ihre Arbeit? Ihre Karriere als Maler?«

»Ach, da ist nichts drin. Man verhungert. Bisher hatte ich nicht eine meiner Skizzen verkauft. Nur heute Abend hat man ein paar gekauft, wohl weil ich von hier weggehe, aber sonst kein einziges.«

»Aber hat nicht irgendein Amerikaner – ?«

»Ah, der reiche Amerikaner«, kicherte der Künstler.

»Gott sei gedankt. Er ist bei mir zu Hause in Pommern mit seinem Auto direkt in unsere Schweineherde gerast, als sie auf die Felder getrieben wurde. Er hat viele unserer besten Schweine getötet, aber er hat alle Schäden bezahlt. Er hat vielleicht mehr bezahlt, als sie wert waren, ein Vielfaches von dem, was sie nach einem Monat Mast auf dem Markt eingebracht hätten, aber er hatte es eilig, nach Danzig zu kommen.«

»Wenn man es eilig hat, muss man zahlen, was man verlangt. Gott sei Dank gibt es reiche Amerikaner, die es immer eilig haben, woanders hinzukommen. Mein Vater und meine Mutter haben jetzt so viel Geld; sie schicken mir etwas, um meine Schulden zu bezahlen und nach Hause zu kommen. Ich fahre am Montag nach Stolpmünde und komme nicht mehr zurück. Niemals.«

»Aber ihr Bild, die Hyänen?«

»Nicht gut. Es ist zu groß, um es nach Stolpmünde mitzunehmen. Ich verbrenne es.«

Mit der Zeit wird er in Vergessenheit geraten, aber im Moment ist Knopfschrank bei einigen Besuchern des Restaurants 'Nürnberg' in der Owl Street in Soho fast so ein leidiges Thema wie der Dichter Sledonti.